適当に考えといて
大変良く出来ました
――とでも言うと思ったのか
やる気が出ない
今やってる
だいたい出来てる
事情がありまして
誤植発見
あせってはいけません
胃の調子がちょっと…
精神の状態がちょっと…
オタンチンパレオロガスだよ
吾輩は猫である
吾輩は猫ではない
とかくに人の世は住みにくい
高等遊民め！
牛になるのです

夏目漱石解体全書

増補版

香日ゆら

河出書房新社

夏目漱石解体全書　増補版　目次

III 漱石をめぐる人々……67

IV 作品・文献ガイド……107

はじめに

夏目漱石はお好きですか？

少し前は、漱石に興味がない方でも「あぁあの千円札の人ね」でしたが、「千円札は野口英世でしょ？」になってからだいぶ経ちました（2024年7月には「千円札の人」は北里柴三郎になります）。

さて、私は夏目漱石が好きです。

「漱石の小説が好きなんだ」とよく言われますが、実は私、20代も半ばを過ぎるまで漱石を読んだ記憶が全くありません。

ちょっとしたきっかけから気になり、小説を読む前に本人を調べ始め、その友人や門下のことを知り……そうして夏目金之助ファンになりました。

何で？　って言われても困るのですが、「わーコレはたまらない！」と思っちゃったのだからしょうがないですね。

そうしていろいろ本を読んでいるうちに、この情報が一覧で見たいとか、この情報はもっと手に取りやすい本にまとまってないものかと思うことも多く、自分で細々とまとめたりしているうちに、本書を出さないかとの声をかけていただきました。

すでに「ちゃんとした本」はたくさん刊行されているので、真面目な解釈や難しいことはそれらにまかせ、気になるところから気楽に読めて、記号化されたイラストで人物を把握しやすく、興味を惹かれるエピソードを詰め込んで、調べ物をする際にあるとちょっと便利……そんな本を目指しました。

この本を読んだあと、〇〇が気になるから読んでみたいな〜と思っていただける本になっていれば嬉しいです。

I

夏目漱石を知る

厳しい顔をした文豪夏目漱石だって、
最初から文豪ではありませんでした。
夏目金之助少年、英語講師の夏目先生、
小説家漱石……そんな漱石の人生と人物とは?

英語講師 → 小説家
明治40年 4月カラ
大正5. 12.-9 マデ
月給¥200(賞与有)
40才 男
ナツメ キンノスケ様
Soseki

漱石人生双六

慶応3年（1867）0歳

2月9日（旧暦1月5日）夏目金之助生まれる

明治と改元

古道具屋に里子に出されるが間もなく連れ戻される

明治元年（1868）1歳

塩原家の養子に。塩原金之助となる

明治3年（1870）3歳

種痘が元で疱瘡《ほうそう》に

明治5年（1872）5歳

養父は金之助を実子として戸籍に登録

明治7年（1874）7歳

養父の浮気から養父母の争いが激しくなる

明治8年（1875）8歳

養父母の離婚成立。塩原家在籍のまま夏目家に戻る

明治14年（1881）14歳

母・千枝没

明治15年（1882）15歳

文学で立とうと考えるが長兄・大一（大助）から文学は職業にならないと止められる

明治16年（1883）16歳

7月 東京大学予備門受験のため成立学舎に入学

明治17年（1884）17歳

9月 東京大学予備門予科に入学

明治19年（1886）19歳

7月 腹膜炎で進級試験を受けられず落第。前年に落第していた正岡常規《つねのり》（子規）と同級になる

明治19年
東京大学予備門は
第一高等中学校と改称

＊年齢はその年の満年齢を表記しています

自活を決意。
同じく落第した
中村是公《よしこと》と江東義塾の
教師をしながら生活。
1年後
急性トラホームにかかり
自宅へ戻る

明治20年
（1887）
20歳

肺病のため
長兄・大一（大助）と
次兄・直則没

明治21年
（1888）
21歳

1月
塩原家から
夏目家に復籍

9月
本科（文科）
に進学。
当初は建築科を
志していたが
友人の言葉で
英文学へ

長く残る仕事をしたいから
建築科にしようかな
文学のほうが長く残るぞ

明治22年
（1889）
22歳

1月
落語の話を
きっかけに
子規と
仲良くなる

5月
初めて「漱石」の
号を用いる

漱○
漱×
「漱」の字
間違えたー!!

9月
紀行漢詩文『木屑録』を書く

明治23年（1890）23歳
9月
帝国大学文科大学英文学科に入学。
文部省貸費生になる

明治24年（1891）24歳
7月
特待生になる

嫂《あによめ》・登世《とせ》没

明治25年（1892）25歳
4月
分家届けを出し北海道平民となる

東京専門学校（現在の早稲田大学）の講師になる

明治26年（1893）26歳
7月
帝大を卒業。
大学院に進学し寄宿舎に移る

東京高等師範学校の講師になる

明治27年（1894）27歳
2月
肺結核の初期と診断される

精神状態が不安定な時期

明治28年（1895）28歳
4月
愛媛県尋常中学校（松山中学校）教諭になる

8月
療養で松山に戻った子規と同宿

12月
中根鏡子と見合いをし婚約

明治29年（1896）29歳
4月
熊本の第五高等学校講師になる

明治30年
(1897)
30歳
6月
鏡子と結婚
6月
実父・直克没
鏡子流産
明治31年
(1898)
31歳
鏡子、
入水自殺をはかる
7月
同級生の
点をもらうため
寺田寅彦が
夏目家を訪問。
以後
通うように
俳句とは一体
どんな
ものですか？
寅彦ら五高生に
俳句を教える。
この頃熱心に
俳句を作り
作った俳句は
子規に送って
添削してもらう
明治32年
(1899)
32歳
5月
長女・筆子生まれる
熊本に来て4年
同僚として
五高にいた
学生時代からの
友人らがいなくなる
熊本にいるのは
悪かないが
話し相手が
いないのは…

明治33年
(1900)
33歳

5月
英語研究のため
2年間の英国留学を
命ぜられる

7月
寅彦と共に
子規を見舞う。
最後の対面となる

9月横浜を出発
10月ロンドン着

1月
次女・恒子
生まれる

明治34年
(1901)
34歳

下宿に閉じこもって
勉強をし続け
神経衰弱に陥る

神経衰弱が
激しくなる

明治35年
(1902)
35歳

気分転換にと
勧められ
自転車の稽古をする

9月19日
正岡子規没

11月
子規の
訃報が届く

12月
ロンドン出発

1月帰国

明治36年
(1903)
36歳

3月
本郷区
千駄木に転居
（明治村の家）

4月
東京帝国大学文科大学講師
となり英文学を教える。
第一高等学校講師も
兼任する

神経衰弱が
悪化し
妻子と数カ月別居

11月
三女・栄子
生まれる

精神状態が
不安定な
時期続く

新体詩や連句、
水彩画をよくする

明治37年
(1904)
37歳

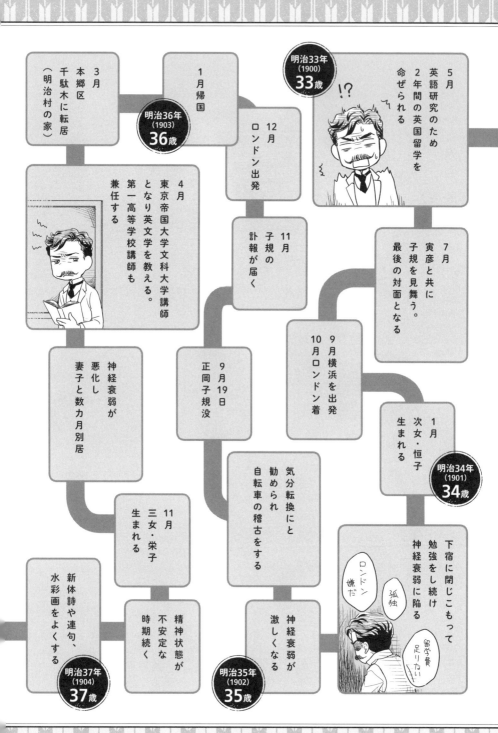

夏目家に
子猫が
迷い込む

9月
明治大学予科の
講師を兼任

12月
高浜虚子に勧められ
初めて小説を書く

題は『猫傳』にしようか
『吾輩は猫である』にしようか
『吾輩は猫である』にしましょう

明治38年
（1905）
38歳

1月
『吾輩は猫である』
『ホトトギス』で連載開始
『倫敦塔』
『カーライル博物館』
4月
『幻影《まぼろし》の盾』
5月
『琴のそら音』
9月
『一夜』

教師辞めて
創作に
打ち込みたい

11月
『薤露行《かいろこう》』

12月
四女・愛子
生まれる

明治39年
（1906）
39歳

1月
『趣味の遺伝』
4月
『坊っちゃん』
9月
『草枕』
10月
『二百十日』

訪ねてくる人が
多くなったので
面会日を決める

面会日
毎週木曜 三時以降
仕事にならん

＊作品は初出が掲載された月、
もしくは連載が開始した月を記載しています

明治40年（1907）40歳

1月『野分《のわき》』

朝日新聞社から招聘の話がくる

入社の条件について朝日と具体的にやり取りする

月俸は？
出社の義務は？

4月
教職を辞め
東京朝日新聞社に入社

新聞屋が商売ならば
大学屋も商売である。

6月
『虞美人草《ぐびじんそう》』連載

6月
長男・純一生まれる

9月
牛込区早稲田に
転居

明治41年（1908）41歳

1月『坑夫』連載
6月『文鳥』
7月『夢十夜』連載
9月『三四郎』連載

9月
『吾輩は猫である』の
モデルとなった
猫亡くなる

この下に
稲妻起る
宵あらん

12月
次男・伸六生まれる

明治42年（1909）42歳

1月
『永日小品』
連載

元・養父が
まとまった金を
無心してくる

6月
『それから』連載

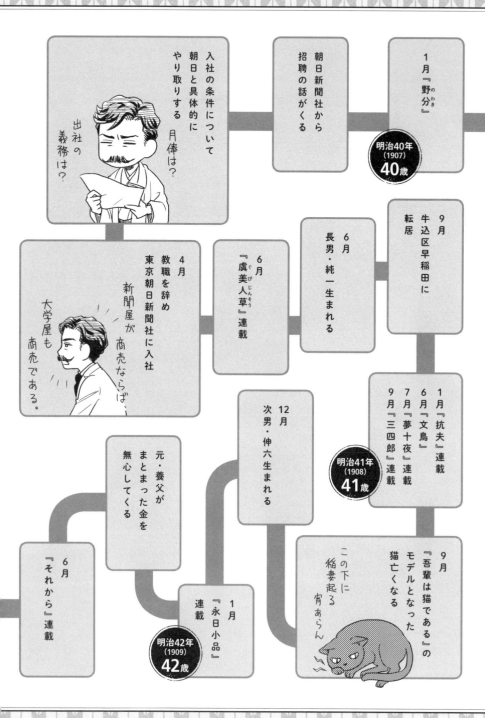

10月
『満韓ところどころ』連載

11月
朝日新聞に文芸欄創設

明治43年
(1910)
43歳

3月
五女・ひな子生まれる

3月
『門』連載

6月
胃潰瘍で長与胃腸病院に入院

7月
退院

8月24日
転地療養で赴いた修善寺で大量吐血し危篤に陥る。
「修善寺の大患」

10月
帰京し長与胃腸病院に入院

10月
『思い出す事など』連載

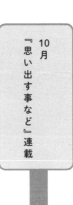

明治44年（1911）44歳

2月
文部省より文学博士授与の通知を受け辞退するが了承されず。
4月半ばまでごたごたする。
とくに解決はしない

8月
講演旅行中に胃潰瘍再発し大阪で入院

11月
五女・ひな子急死

明治45年（1912）45歳

1月
『彼岸過迄《ひがんすぎまで》』連載

7月
明治天皇崩御
大正と改元

大正元年（1912）45歳

9月
明治天皇大喪を記念して写真撮影。
そのためあの頬杖ポーズや旧千円札に使われた写真には腕に喪章が付いている

12月
『行人《こうじん》』連載

大正2年（1913）46歳

1月
強度の神経衰弱が再発。
6月頃まで続く

3月
胃潰瘍のため自宅で療養する。
『行人』連載一時中断

9月
『行人』連載再開

大正3年（1914）47歳

4月
『こころ』連載

6月
本籍を北海道から東京府に戻す

9月
胃潰瘍再発

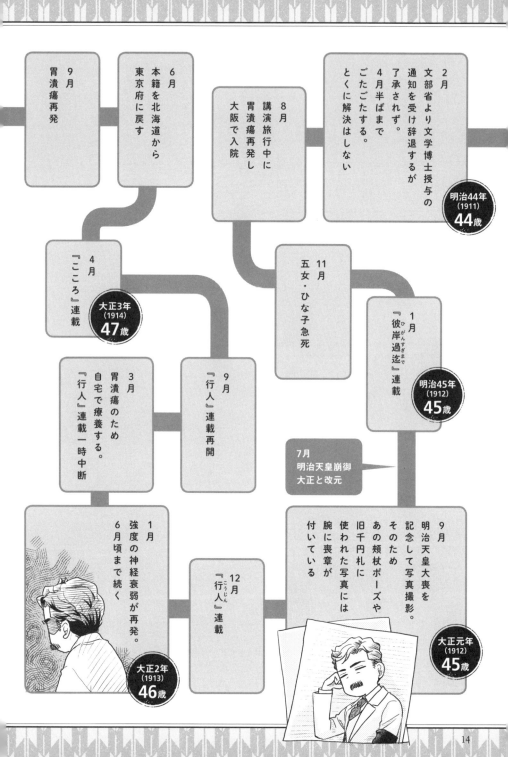

大正4年（1915）48歳

1月
『硝子《ガラス》戸《ど》の中《うち》』連載

3月
京都旅行中に胃潰瘍悪化する

3月
異母姉・ふさ没

6月
『道草』連載

冬頃
芥川龍之介や久米正雄らが門下になる

大正5年（1916）49歳

4月
リューマチだと思っていたら糖尿病と診断される

5月
胃の調子悪く寝込む

5月
『明暗』連載
（漱石の死によって188回で中絶未完）

11月
胃潰瘍再発

12月2日
病状悪化
危篤状態になる

12月9日
夏目漱石没

髪 柔らかさが自慢の天然パーマ。常に左分けで右に跳ね上げている。

目 トラホームを患ったり軽く近視だったりで、あまりよくない。いつも充血して「黒目と白目の境界が滲んだようにぼやけて」いる。晩年はたまに老眼鏡を装備。

目力 「吸い付けられるよう」だとか、なんかもうとにかくすごかったらしい。その分睨まれるとものすごく怖い。一高時代、“クラスメイトを英単語で表現すると?”で漱石は「The Eye」だったそう。

痘痕《あばた》 種痘がもとで出来た痘痕がある。気にする人もいれば、よく見ないとわからない程度だという人も。本人はすごく気にしている。写真では修正されているらしい(ただし当時の写真事情として多少の修正は普通のことである)。

利き手 軽い左利きらしいが大抵のことは右手でやる。

解体図

胃 ぼろぼろ。吐血なのに鮮やかな色の血を吐く。解剖した胃壁は紙のように薄かったという。現在は東大医学部に保管。

経歴

慶応3年(1867)2月9日(旧暦1月5日)~大正5年(1916)12月9日
卯年生まれ　出身/江戸東京牛込　東京府第一中学校正則科→漢学塾二松学舎→成立学舎→東京大学予備門(第一高等中学校に改名、後の第一高等学校)→帝国大学文科大学英文学科→同大学院

身長・体重

明治22 ~ 23年の記録では
身長:約159cm
体重:48.8 ~ 53.2kg
ほか握力・胸囲・肺活量などや、後年病気になった際の体重データも存在する。

派閥?

派閥や徒党を組むのが嫌いなので関与しないでいたら、逆に「余裕派」とか勝手に付けられた。

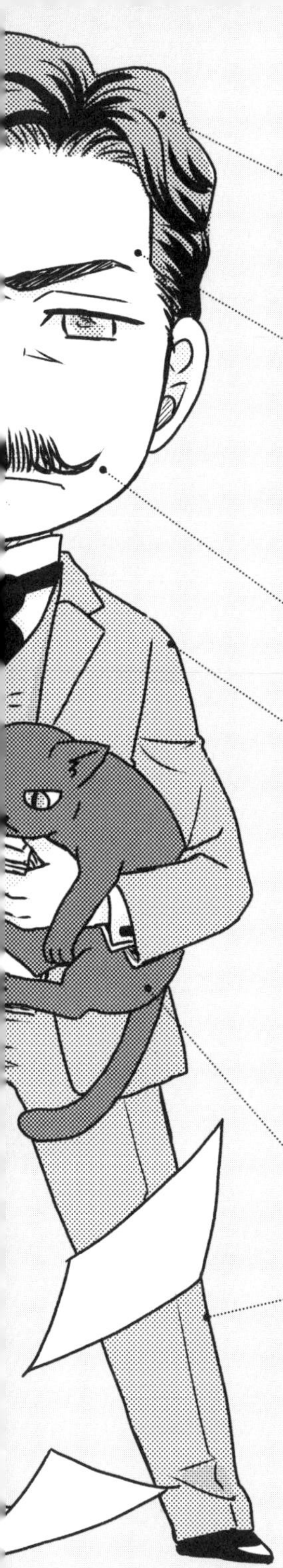

脳 いろいろ大変。現在も東大医学部に保管されている。

頭脳 学力も記憶力も観察力も高い。

顔 地黒らしい。昭和59年（1984）〜平成16年（2004）まで千円札といえばこの顔だった。

表情 常に苦虫を噛みつぶしたような顔。でも親しい友人には感情がすぐ顔に出てわかりやすいとか言われている。

髭 自慢の髭。いかにもハイカラに見えたらしい。「修善寺の大患」後、跳ね上げた部分を短く切り揃えたことで、先生の髭崇拝者達（なにそれ）にショックを与えた。顎髭を生やすと家が持てると占い師に言われていた鏡子もがっかり。

声 あまり記録はないが、中勘助によると「少し鼻へぬける金色がかった金属性の声」だそう。どんなだ。

肩幅 狭いのを気にしているから注意。

猫 夏目家に迷い込んできた猫。主人の「置いてやればいいじゃないか」の一言で夏目家の猫に。「爪の先まで黒い猫は福猫」と聞き、猫嫌いだが占い迷信好きの妻の態度も一転。名前は無いのでネコと呼ばれる。一方で飼い犬にはヘクトーと立派な名前が付いている。

足 健脚でよく歩く。お散歩好き。颯爽と独特のリズムを持って歩くらしい。

言語 日本語と英語が話せる。日本語はたまに江戸訛り。ドイツ語とフランス語もそれなりにいけるが、本人的にはなかなか上達しないとのこと。

着物 こだわり派のお洒落さん。特に女物の綺麗な着物が好きで、鏡子の綺麗な着物が置いてあると羽織ってみたりしていたんだとか。

風呂 お風呂好き。家に風呂がつく以前は冷水浴で、寒くても大騒ぎしながら水を浴びていた。

漱石アルバム

1 少年時代

少年時代の漱石に漂う悪ガキ感……。左は次兄の直則（栄之助）、立っているのは義兄の高田庄吉。

日本近代文学館提供

学生時代

2 明治19年（1886）6月28日

第一高等中学校時代、友人たちとの集合写真。漱石は前列左から2人目。この写真の漱石はやたらガリガリであばら浮いてない? 大丈夫? と気になります。共同生活をする男子学生の食事事情が偲ばれますね。後列右から3人目が中村是公《よしこと》、4人目が太田達《たつ》人《と》です。

日本近代文学館提供

3 明治25年（1892）2月

帝国大学時代。左が漱石、右が友人・米山保三郎。この頃学生の間では友人同士で写真を交換するのが流行っていたそうで。そのおかげか、この年代の人は学生時代の写真が多いな～と感じます。

日本近代文学館提供

4 明治25年（1892）6月

学生時代の漱石といえば、別の詰襟の写真を使われることが多いのですが、この写真はとてもよく写っているので、私は！ これを！ 推したいのです！

国立国会図書館蔵『漱石全集16』（漱石全集刊行会 1937）より

日本近代文学館提供

5　明治29年（1896）4月

愛媛県尋常中学校（松山中学校）の卒業記念の集合写真から漱石部分のみ切り抜いたもの。集合写真なのに正面を向いていない漱石でした。といっても、当時の集合写真を見ていると好き勝手に向いている人も多いです。

6　明治31年（1898）

熊本・大江村の家にて。中央、漱石夫婦の前にはジャックラッセルテリアっぽい犬、右の女中の膝の上にはすばしっこかったという猫がいます。犬は夏目の獅子犬と呼ばれた、吠えて噛み付く犬でしょうか。ご主人である漱石も襲われました。左は五高の教え子で下宿をしている土屋忠治《ただじ》。撮影は友人の山川信次郎。

教師時代

国立国会図書館蔵『漱石全集2』
（漱石全集刊行会 1937）より

7　明治39年（1906）初夏

東京帝大の文科大学英文科生の卒業記念写真。漱石は前列左から2番目。漱石の小柄さがよくわかる写真です。

日本近代文学館提供

8 明治40年（1907）5月

朝日新聞社に入社した頃のフロックコートの漱石。私はこの写真好きなんです！ いいよね！ いい！ ネクタイと襟の上に付いているチェーンらしきものが気になっています。

国立国会図書館蔵『漱石の思い出』
（改造社 1928）より

国立国会図書館蔵『漱石全集6』
（漱石全集刊行会 1937）より

9 明治43年（1910）4月

当時のスーツのラペルの短さやカフスの様子がよくわかる。そしてヒゲがものすごくクルクルです。

作家時代

10 大正元年（1912）9月

夏目漱石といえばこの顔！ のこめかみに手を当てた漱石や、千円札に使用された肖像の写真は、すべて同じ日、明治天皇の大葬を記念して撮影したものだそう。左腕に喪章が付いています。

日本近代文学館提供

11 大正元年（1912）9月

こちらも同じときに撮った写真。右から漱石、満鉄理事の犬塚信太郎、中村是公。このとき4枚撮影したようで、帰宅した漱石が「今日撮影したるが二三に姿勢を変えられ面倒なりし」と言っていたと、熊本時代に書生であった行徳《ぎょうとく》二郎が書き残しています。

日本近代文学館提供

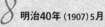

12 **大正3年 (1914) 12月**

漱石山房の漱石といえばコレ! という写真。本の数がすごい。同じ頃同じ書斎で撮影し、雑誌『ニコニコ』に掲載された写真は、笑顔に修正されたのでは? という疑惑があります。

国立国会図書館蔵『漱石全集13』(漱石全集刊行会 1937)より

国立国会図書館蔵『漱石全集8』(漱石全集刊行会 1937)より

13 **大正4年 (1915) 10月**

「僕は庭の芭蕉の傍に畳み椅子を置いてその上に寐ています。好い心持です」と和辻哲郎宛て書簡にあります。まさにこの写真のことでしょうか。畳み椅子……この籐の椅子が畳めるのかそれとも別の椅子が? と気になります。撮影者は鳥居素川《そせん》。

丸襟のコートを着た若い漱石だとか、熊本で昼寝姿を撮られたものとか、もっともっと載せたい写真は多いのですが、キリがないので見た目の時系列を追えそうな写真を選びました。漱石関連の写真は、江戸東京博物館・東北大学編『文豪・夏目漱石――そのこころとまなざし』(朝日新聞社 2007)が写真も綺麗で人物以外の図版も多くおすすめ。定番の『新潮日本文学アルバム　夏目漱石』(新潮社 1983)はその名の通りの写真の多さ。このシリーズは印刷は古いですが、作家ごとに出ているので安定の便利さです。日本近代文学館の公式サイトでは写真検索もできますので、お好きな作家を片っ端から検索してみると楽しいです!

先生の日常
漱石の名前

門下にタイトルをつけさせた『門』、彼岸に終わるだろうとつけた『彼岸過迄《ひがんすぎまで》』など……

作品のタイトルや登場人物の名前もこう……けっこう……あの、適当なんですね。

大一兄さんの名前に「直」の字がないのが気になります。

本名は金之助
若い頃は金ちゃんと呼ばれたよ
当時の娘義太夫に「金之助」がいたり役者っぽい印象の名前だね
金之助って芸者とも会ったよ
庚申に生まれた子供は出世すれば大いに出世するが、一つ間違うと大泥棒になるそれを避けるには名前に「金」の字か金偏をつけるとよいとのことでつけられたという
ふー
まぁ適当だね
家の人の名は皆「直」の字がついてる
祖父―直基
父―直克
兄―直則（栄之助）
直矩（和三郎）
←ついてない
ということから「金之助」は時代背景や養家でのゴタゴタにより幼名のままなのではと思われる
それらもあってか漱石は名前に対して執着やこだわりはなかったようである
名前も考えると難しいが
どうせいい加減の記号だから簡単でわかりやすい名をつければよい

「漱石」というペンネームは漱石枕流からとっている
漱石頑夫っと
中国の故事で
「石に枕し流れに漱《くちすす》ぐ」と
言うべきところを
「石に漱ぎ流れに枕す」と間違い、
指摘されても
「石に漱ぐのは歯を磨くため、
流れに枕するのは耳を洗うため」
と言ったことから、
自分の誤りを認めず、負け惜しみから
理屈の通らないことを言う意
友人である子規の数多い筆名の中に「漱石」があり
漱石は今友人の仮名と変ぜり
——と子規が書いていることから「漱石」は子規からもらったペンネームだと言われることも多い
やぁ君に僕の沢山ある号の中から「漱石」を譲ろうじゃないか
おおこれは僕にぴったりだ
譲ったパターン
「漱石」にした
えっ僕も「漱石」ってあるけれどじゃあもう君のだから使わないことにしよう
被ったパターン
しかし「漱石」という名にしたことを後悔してもいるので
自分の筆名恥ずかしい
若気の至りすぎる
でもいまさらだしな……
私は「偶然被った」を推しています

漱石のペンネーム

当時としては誰でも知っているような故事からとっているし、譲られて素直によしとするタイプであれば、その漱石はひねくれておらず頑固でもなく、屁理屈も言わなそうだな……と思うのです。別号に愚陀佛も。

漱石と嗜好品

日本料理よりは中華料理・西洋料理が好きで、ただし美食家などではなく、幼稚な味覚で脂っこいものが好きなだけだそう。このあたりは主に『文士の生活』に書かれています。

煙草はよく吸う
いつもは家に置いてある「朝日」だが
もく
もく
自分で買うときはワンコインで楽なので「敷島」を買う
高い煙草や葉巻を貰うと嬉しい
これをやろう
煎茶が好き英国はうんざりだけど紅茶は好き
胃が悪い日の朝は紅茶だけを飲む
多分 砂糖入り
作品の登場人物もよく紅茶を飲んでいる
酒はあまり飲まない
日本酒一杯くらいは美味いとは思うが
2〜3杯でもう飲めなくなる
先生はお猪口一杯を小鳥が水を舐めるように飲むという
そんな先生が言うところの「日本酒一杯」はもしやお猪口一杯…？
甘いものが好き
よく食べはするが
あるから食べているだけで
しれー
別にわざわざ自分で買ってまで食いたいというほどではない
──と本人は書いている
はいはい

漱石とスポーツ

体を動かすことは嫌いじゃなさそうですが、始めた動機は「健康にいいから」とか「誘われたから」が多いので、スポーツ自体が好きなのかはちょっと疑問に思っています。謡も運動のつもりでうなるのだとか。

ボートを漕いで
ヒィ
ヒィ
野球をして
カーン
あー
海水浴や遠泳をして
ハァ
ゼェ
ゼェ
もうムリ
器械体操をして
よっ
弓を引いて
キッ
散歩が好き
てく
てーく
相撲を見るのが好きで記述も多く残っている
相撲は芸術だよ
うん
うん
相撲の筋肉の光沢が力瘤の入れ具合で光線を受ける模様が変わってぴかぴかする甚だ美しきものなり
相撲は相当お好きらしい

漱石と文房具

『余と万年筆』ではペリカンの万年筆との確執(笑)、オノトとの出会いが書かれています。丸善のPR誌『学鐙』に万年筆の宣伝文を書き、その編集担当であった内田魯庵にオノト万年筆をもらったそうです。

万年筆は記号としてわかりやすい形で描くことが多いですが当時の万年筆はこんな形のようです。

漱石の一日

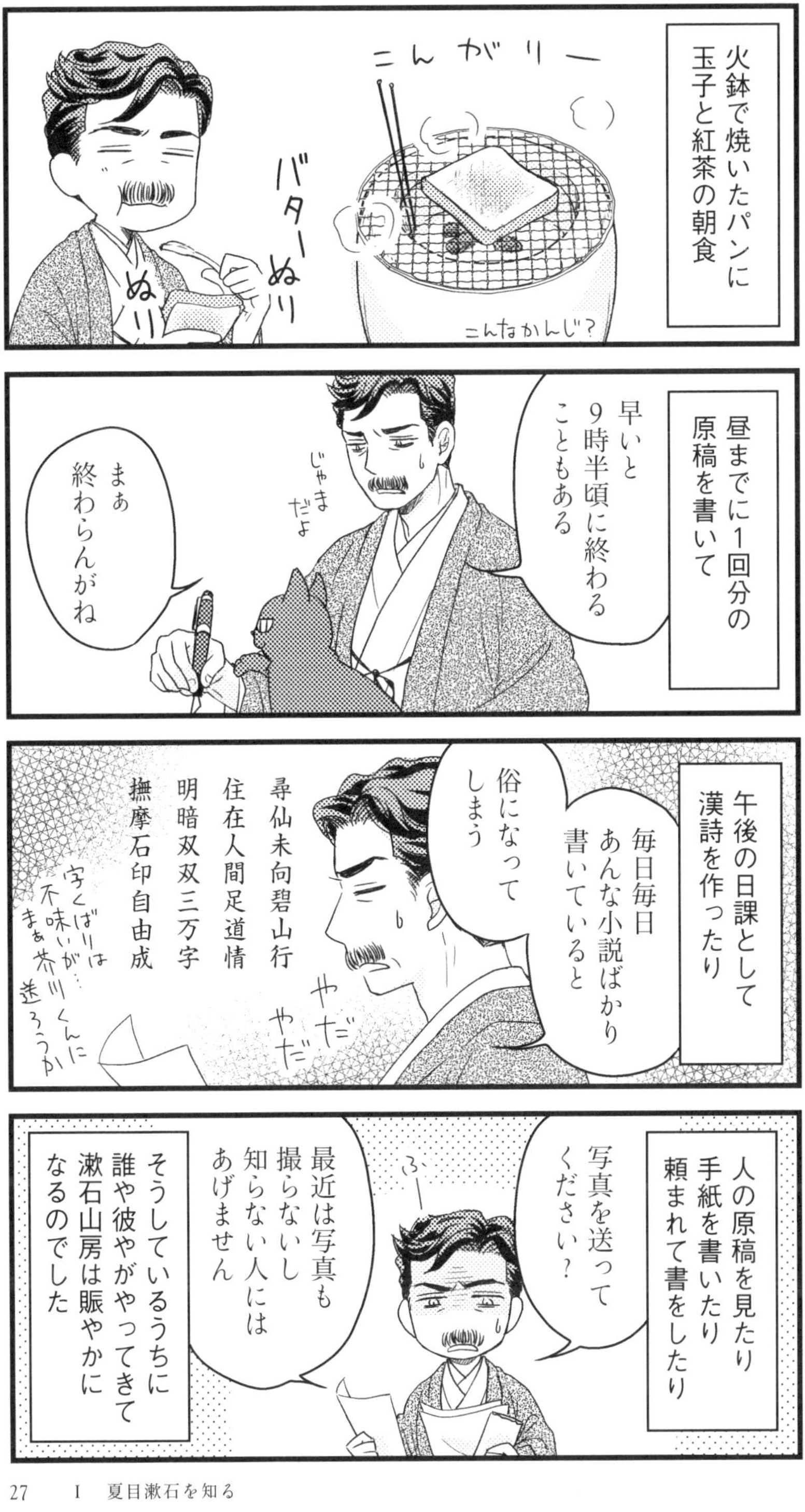

火鉢で焼いたパンに玉子と紅茶の朝食
こんがりー
バターぬり
ぬり
こんなかんじ?
昼までに1回分の原稿を書いて
早いと9時半頃に終わることもある
じゃまだよ
まぁ終わらんがね
午後の日課として漢詩を作ったり
毎日毎日あんな小説ばかり書いていると
俗になってしまう
やだやだ
尋仙未向碧山行
住在人間足道情
明暗双双三万字
撫摩石印自由成
字くばりは不味いが…まぁ芥川くんに送ろうか
人の原稿を見たり手紙を書いたり頼まれて書をしたり
写真を送ってください?
ふー
最近は写真も撮らないし知らない人にはあげません
そうしているうちに誰や彼やがやってきて漱石山房は賑やかになるのでした

朝食の記録をみると、よく玉子が出てきますが、どう調理して食べたのか……。『硝子戸《ガラスど》の中《うち》』には「半熟の鶏卵」とあるのですが、半熟だけだと結局ゆで卵なのか目玉焼きなのかわからず気になります。どこかに書いていそうですが……。遊びに来た門下たちが帰るのは23時過ぎだそうです。

夏目家系図

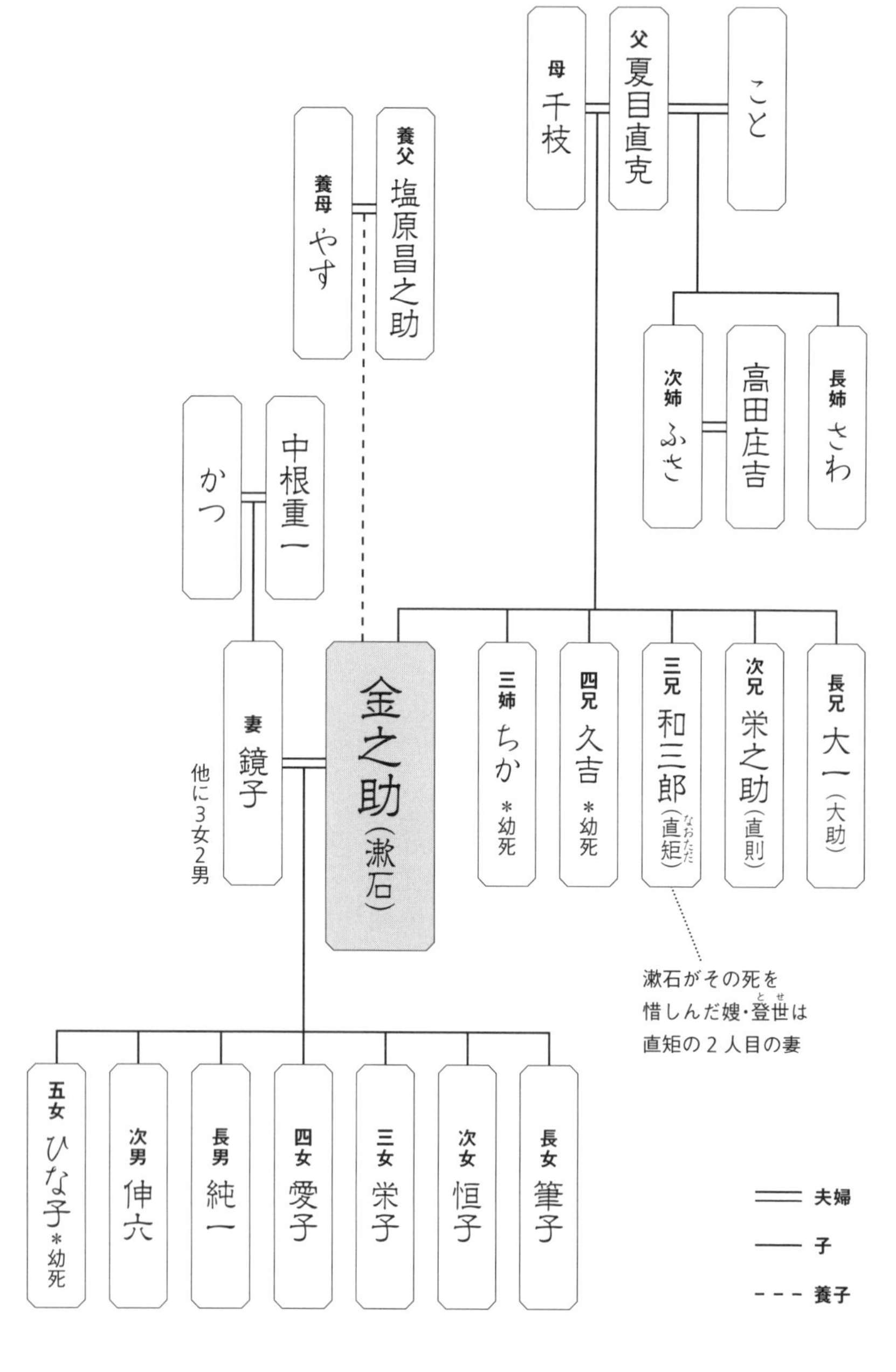
母 千枝
父 夏目直克
こと
養母 やす
養父 塩原昌之助
次姉 ふさ
高田庄吉
長姉 さわ
かつ
中根重一
妻 鏡子
他に3女2男
金之助（漱石）
三姉 ちか ＊幼死
四兄 久吉 ＊幼死
三兄 和三郎（直矩《なおただ》）
次兄 栄之助（直則）
長兄 大一（大助）
漱石がその死を
惜しんだ嫂・登世《とせ》は
直矩の２人目の妻
五女 ひな子＊幼死
次男 伸六
長男 純一
四女 愛子
三女 栄子
次女 恒子
長女 筆子
夫婦
子
養子

II

漱石ゆかりの地へ

東京、神奈川、松山、熊本、ロンドン、そして東京へ。
漱石と関わりの深い土地には
漱石をより知ることができる、
足を運んでみたい記念館やスポットが
たくさんあります。

上熊本駅の漱石像

東京漱石1日ツアー

東京には漱石ゆかりのスポットが数多くあります。東京に住んでいるならば、行きたい時にふらりと散策も可能でしょうが、残念ながら大概の人はそうもいかない事情があるわけで。では丸一日、東京にいる時間があったらどれくらい見られるだろう？　というわけで、東京駅から1日で行けるだけの漱石スポット巡りに挑戦しました。なお、時間はだいたいの目安です。

＊このツアーは、漱石没後百年の平成28年（２０１６）に行ないました。

9:00 東京駅

東京駅

日本の鉄道の玄関口・東京駅。丸の内口の駅舎は復原工事が行なわれ、辰野金吾が設計した大正3年（１９１４）当時の姿になりました。漱石は辰野金吾の息子の辰野隆《ゆたか》（仏文学者）の結婚式に参加しています。辰野隆は漱石が先生をしていた頃に一高生でしたが、漱石の受け持ちの級でなく、授業を受けることはなかったそうです。

▶ メトロ丸ノ内線で大手町駅まで乗り、メトロ東西線に乗換、早稲田駅へ

メトロ（地下鉄）での移動が多くなるので、「東京メトロ24時間券」を買っておくとお得。大人600円、小児300円で使用開始から24時間、東京メトロ線全線が乗り降り自由。メトロの初乗り運賃は大人180円（ICカードは178円）なので、4回乗れば元が取れる！　東京メトロ線各駅の券売機で買えます。

9:30

早稲田

ふつうの道端ではありますが、やっぱりそわそわしますね！

「夏目漱石誕生之地」碑／夏目坂

早稲田駅2番出口を出て、早稲田駅前交差点にあるのが「夏目漱石誕生之地」碑。昭和41年（1966）、生誕100年の際に建てられました。碑文の文字を書いたのは門下・安《あ》倍《べ》能《よし》成《しげ》。石がピカピカなので、うまい角度で撮影しないと、いろんなものが映り込みます。ここから南にのぼる坂が「夏目坂」。漱石にちなんだ名称と思われがちですが、名主を務めていた父・夏目直克が自分の姓を名付けて呼んでいたものが広まったそうです。

上：碑。後ろは定食屋
下：夏目坂には由来が書かれた道標が坂の上と下に設置されている

漱石公園

夏目坂をのぼって、感通寺の前の交差点を通り過ぎ、少し歩いたところで左折、早稲田小学校方面へ行くと「漱石山房通り」に突き当たる。ここを東に進みましょう。

漱石最後の住居・漱石山房があった場所で終焉の地。漱石公園入り口には漱石の銅像があり、道草庵では漱石山房の模型や資料を見ることができます。ツアーを行なった平成28年（2016）、漱石山房記念館は建設中でした。翌年開館した記念館の詳細はP40をご覧ください。

記念館建設中の写真。漱石山房にも生えていたという芭蕉

「いかにも漱石らしいポーズ」ではない漱石像

都電

早稲田駅まで引き返し、妻・鏡子が漱石の虫封じのお参りをしたという穴八幡宮にも立ち寄りながら、さらに北へ進み早稲田大学を突っ切ってひたすら歩き、都電荒川線の早稲田駅へ。タイミング良く待っていたのはレトロ車両。気分も上がりながら、雑司ケ谷へ向かいます。

▶都電荒川線で
都電雑司ヶ谷駅へ

11:00

雑司ケ谷霊園

漱石ゆかりの人々のお墓

漱石はじめ多くの人々が眠る、広大な雑司ケ谷霊園。偉人のお墓の場所が記載されている雑司ケ谷霊園の公式サイトの案内図や、豊島区の雑司ケ谷霊園マップなどを用意して行くとスムーズ（管理事務所でも貰えます）。広いので、明るい内に参っておきたい場所です。

北西の雑司ヶ谷駅側入り口から奥へとお参りしながら進みます。

東京都豊島区南池袋4-25-1
☎03-3971-6868（管理事務所）

1

2

3

4

5

6

7

1. 東京帝大で漱石の前任者だった小泉八雲。妻・セツと（1-1号8側）
2. 漱石の紹介により東京朝日新聞で作品連載となった泉鏡花（1-1号13側）
3. 漱石の生涯の友人・大塚保治（1-1号11側）
4. 同じく漱石の生涯の友人・中村是公《よしこと》（1-2号10側）
5. 漱石も教えを受けたケーベル。
   諸事情により帰国が叶わず、日本で没しました（1-東6号2側）
6. 自称「最も迷惑をかけた弟子」森田草平。
   主な門下で同じ墓地に眠るのは彼のみ（1-東6号3側）
7. 漱石とロンドンで同じ下宿となり、影響を与えた池田菊苗（1-9号7側）

夏目漱石のお墓

中央通りを進み、いちょう通りと交差する角にあるのが漱石のお墓です（1-14号1側）。安楽椅子をイメージしたというお墓はなかなかの大きさ。ちなみに門下たちからの評判はあまり良くありません……。墓石の戒名「文献院古道漱石居士」は菅《すが》虎雄筆によるもの。

没後百年の命日に合わせて供えられたのかお花がいっぱいでした。私は片付けに来られないのでお供え物は気持ちだけです。

斜めから見るとこんな感じ

訪れた日は百合が手向けられていた。漱石で百年といえば『夢十夜』から白百合が連想される

お墓に供えられていたのは白百合は白百合でもカサブランカでした。
ドーン
ゴージャス
デカい…

遠くからでも目立つ後姿

▶メトロ副都心線雑司が谷駅から池袋駅まで乗り、メトロ丸ノ内線に乗換、本郷三丁目駅へ

鏡子の依頼を受け墓の設計をしたのは、漱石の義理の弟にあたる建築家の鈴木禎次です。

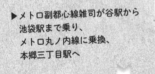

12:10

本郷

東京大学

本郷三丁目駅から本郷通りをまっすぐ北へ進むと、右手に赤門が見えてきます。赤門は旧加賀藩前田家上屋敷の門を残したもの。漱石の『入社の辞』や芥川の『その頃の赤門生活』をみると、当時から赤門＝東京帝大の代名詞だったことがわかります。

ちなみに正門はべつにあり、そちらが完成したのは明治45年（1912）。設計は築地本願寺などで有名な伊東忠太。

ここからしばらく、漱石が学び、そして教鞭を執った東大を散策。漱石関係以外でも見るものが多く、碑や銅像を見かけてはふらふら〜と寄り道して、だいぶ時間をかけてしまいました。

松本楼東大工学部2号館店

日比谷の松本楼は漱石作品に登場しますが（P63参照）、なんと東大内にも支店が！　ちょっと入り口に迷いながらも無事たどり着き、ここで昼食をいただきました。ただし、土日祝日は定休日なのでご注意。

東京都文京区本郷7・3・1 東京大学工学部2号館1階
☎03・5805・5608

上：三四郎池。加賀藩邸時代からあった池だが、三四郎が美禰子《みねこ》と出会った場所として描かれて以来、この名前で親しまれている
中：赤門
下：東大は銅像もたくさん。建築家ジョサイア・コンドル像を製作したのは漱石や鷗外のデスマスクをとった新海竹太郎

夏目漱石旧居跡の碑

東大を出て本郷通りを再び北へ。メトロ南北線東大前駅の手前から北東に進み、てくてく歩いて東大地震研究所や日本医科大学を越えると、「夏目漱石旧居跡の碑」があります。漱石はロンドンから帰国後、3年10カ月この場所に住み、『吾輩は猫である』もここで執筆（家は現在「博物館 明治村」に移築）。昭和46年（1971）旧居跡に置かれた碑の題字は川端康成筆。川端自身も少年時代に漱石作品に親しんだそうで、最近川端邸から見つかった多くの作家の書簡などの中に、古書店から買ったと思われる漱石の書もあったそうです。

塀の上を歩く猫の像がとても可愛いですが、お隣は個人宅のようなので写真を撮りながら侵入しないよう気をつけないといけません。

塀の上からこちらを覗く猫

ひそかに旧居跡の方を見つめています

少し離れたところにある日本医科大学健診医療センターの入り口にも猫が！

旧居跡の碑

団子坂

旧居跡から東へ進み藪下通りに入り、北へ行くと突き当たるのが団子坂。菊人形で有名で『三四郎』に描写もあります。左に進むとスタイリッシュな森鷗外記念館（P101参照）が見えてきます。カフェもあるので時間があれば休憩がてら立ち寄りたいところ。

残念ながらこの日は休館でした

▶メトロ千代田線千駄木駅から
大手町駅まで乗り、
メトロ半蔵門線に乗換、
神保町駅へ

15:10

神保町

夏目漱石記念碑

神保町駅から靖国通りを東に進み、三井住友銀行の角を北に上がり、お茶の水小学校へ。ここの西門近くに「夏目漱石記念碑」があります。小学校を転々とした漱石が錦華小学校（現・お茶の水小学校）に転校したのは明治11年（1878）のこと。それを記念して昭和53年（1978）設置。「吾輩は猫である　名前はまだ無い　明治十一年　夏目漱石　錦華に学ぶ」と彫られています。

井上眼科病院

記念碑から東に進み明大通りに出てJR御茶ノ水駅へ。聖橋口近くにあるのが井上眼科病院。近代的で立派なビルですが、明治時代開業の病院で、漱石が「可愛らしい女の子」を見た病院として有名（明治24年7月、子規宛ての手紙による）。現在も眼科として営業中。病院の裏手にあるニコライ堂（東京復活大聖堂教会）はちょうど漱石が眼科に通っていた明治24年竣工なので、漱石はニコライ堂が出来上がるのを見ていたのかもしれません。

▶JR中央線御茶ノ水駅から
神田駅まで乗り、
京浜東北線に乗換、新橋駅へ

16:20

新橋

旧新橋停車場　鉄道歴史展示室

JR新橋駅銀座口から少し歩くとビルの間に見えてくるのが旧新橋停車場。明治5年（1872）に開業し、関東大震災で焼失した新橋停車場の駅舎外観とプラットホームを再現した建物です。明治5年に新橋－横浜間の鉄道が開業して以来、大正3年（1914）に東京駅が出来るまで、東京の中心的な駅として存在していました。漱石もよく利用し、旅立ったり迎えられたり迎えたりしています。2階の企画展示室では鉄道に関するさまざまな企画展を開催、図録も充実しています。

今回は外観のみを楽しんで次へ向かいます。

東京都港区東新橋1・5・3
☎03・3572・1872

＊平成31年（2019）パナソニック汐留美術館に改称

隣のビルにある
汐留ミュージアムからは＊
俯瞰で旧新橋停車場を
見ることができます。
おお

▶メトロ銀座線新橋駅から日本橋駅へ

17:00

日本橋

丸善

日本橋駅B3出口を出てすぐにあるのが丸善日本橋店。漱石愛用の「オノト万年筆」も丸善が販売していました。文具売り場では、漱石や内田魯庵が愛用したという原稿用紙デザインをモチーフにしたメモ帳が買えます。

漱石の原稿用紙とは、上部の龍の頭の間に「漱石山房」と入っていないこと、1行20字詰めであることが異なります（漱石の原稿用紙についてはP26をどうぞ）。

「漱石名作の舞台」碑

丸善から北東へ、コレド日本橋の裏手に「漱石名作の舞台」の碑が植木に囲まれひっそりとありました。『三四郎』『こころ』などに日本橋が描かれていることを記念して、平成17年（2005）に設置されました。日本橋は近年になって新しく漱石の碑が建てられているみたいです。

三越

「名作の舞台」と同じ早稲田大学元総長・奥島孝康氏の手による碑

夕暮れの三越屋上

日本橋を越えたら次は三越の屋上へ。こちらにもひっそりと「漱石の越後屋」碑があります（平成18年設置）。越後屋は三越の前身。漱石は小学校に上がる前の越後屋呉服店時代に買い物に連れられてきたり、作品で三越を登場させたりしています。漱石の『虞美人《ぐびじん》草《そう》』とタイアップして「虞美人草浴衣」を作ったのも三越でした。

GOAL!

薄暗くなってきたところで1日ツアー終了です。朝から計2万7000歩……だいたい15km。初めて足を運んだ東京漱石ゆかりの地もあり、歩きながら明治大正の人はこれくらい普通に歩いてたんだよなーと感慨に耽ったり、充実した1日でした。お疲れさまでした！

記念館へ行こう！

（漱石山房記念館提供）

新宿区立 漱石山房記念館

漱石が明治40年（1907）9月29日から大正5年（1916）12月9日の逝去まで住んだ家、通称「漱石山房」。ここで漱石は『坑夫』『三四郎』『それから』『門』『明暗』などを執筆した。現在、跡地が「漱石公園」となっており、漱石の胸像が入り口で迎えてくれる。胸像には「則天去私」と、漱石自筆の句「ひとよりも空　語よりも黙　肩に来て人なつかしや赤蜻蛉」が刻まれている。敷地内には「猫の墓」と呼ばれる石塔があるが、これは漱石が飼っていた猫のお墓ではなく、夏目家が飼っていた犬や猫らの供養塔。戦災で損壊した塔の残欠を利用して昭和28年（1953）に再興されたもの。

山房は昭和20年に空襲で焼失したが、漱石生誕150年を迎える平成29年（2017）9月24日に「漱石山房記念館」が開館。『道草』『明暗』草稿や書簡、初版本などを所蔵し、「夏目漱石と新宿」「漱石の生涯」「漱石作品の世界」「漱石を取り巻く人々」などを常設展示。年数回の通常展や特別展も行なわれる。「漱石山房」の書斎や客間、漱石がくつろぐ写真で有名なベランダ式回廊も再現された。

漱石が生まれ育ち終焉を迎えた早稲田界隈には「夏目坂」や「漱石誕生之地」碑、雑司ケ谷霊園などのゆかりの地も多い（P31〜34参照）。新宿歴史博物館でもゆかりの文学者として紹介されている。

開館から早7年…漱石ゆかりの草木も育ち、オリジナルのミュージアムグッズも増えました！

東京都新宿区早稲田南町7

☎ 03-3205-0209

有

メトロ早稲田駅から徒歩10分

図録、ガイドブック、初版本や原稿用紙デザイングッズなど。通販可

CAFE SOSEKIにはこだわりメニューがたくさん

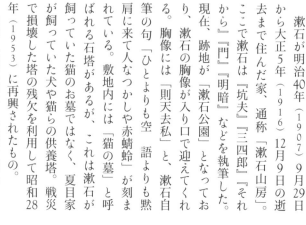

香日ゆらの
漱石山房記念館訪問記
(平成31年(2019))
漱石山房といえば芭蕉！
にょき
にょき
あちこちに生えてる漱石の好きな木賊(トクサ)
にゃーん
外の見学は明るいうちがオススメ！
こうなる
ゆっくり見てたら外暗くなっちゃった！
夏目漱石
にゃっ
猫の墓
漱石山房再現展示
ちゃんと東北大学附属図書館の漱石文庫を参考にした本が並んでるそう！
写真撮れるようになって本当に嬉しい！！！
※フラッシュ×
再現に苦労した壁紙
よく見ると漱石なのにめっちゃデカい
外光が入るので明るい時間帯の方が写真綺麗に撮れます
にゃん
映画『ユメ十夜』に使用された漱石人形も
マネキンスタイルいいから…
予約しないと買えないというあの空也もなかが食べられるカフェ
ほうじ茶あるの嬉しい〜
CAFE SOSEKI
見たことあるシルエットのピクトグラム
『猫』の初版本デザインミニトート
公的な施設で初版本デザインのグッズを色々出してください〜お願いします！
どうせならヒゲもつけて欲しい！
わん
ひっそり原稿用紙デザインのソファ
NATSUME SOSEKI MEMORIAL MUSEUM
※その後色々増えました

マスキングテープ
（写真全て神奈川近代
文学館提供）

神奈川近代文学館

横浜・港の見える丘公園の一画に建つ文学館。井上靖、大岡昇平、中島敦、獅子文六など神奈川県ゆかりの作家や文学作品に関連する資料130万点超を収集・保存・展示するほか、日本近代文学専門の図書館やホールを擁する総合文学館。昭和59年（1984）開館。

漱石山房に残されていた原稿、遺品、書画などの寄贈資料を核とした「夏目漱石特別コレクション」約700点を所蔵。『永日小品』『文学論』などの原稿、書画、子規宛ての句稿、野村伝《でん》四《し》旧蔵資料、証文や証書、教員嘱託辞令などの文書類、鈴木三重吉、野間真《ま》綱《つな》、林原耕三宛ての書簡、文机、落款、オノトの万年筆やインク壺、硯など、国内有数の漱石コレクションである。

館内の第一展示室では早稲田南町の「漱石山房書斎」の雰囲気を再現した展示があるほか、右記コレクションの一部を展示。公式サイトの「夏目漱石資料デジタルアーカイブ」では、約550点の漱石関連資料のデジタル画像約2200点を、自宅にいながら見ることができる。また、館内の専用端末で見る「館内版」では、より細かな検索機能で、より多くの資料（門下生の間で交わされた書簡など）も閲覧できる。平成28年（2016）には「100年目に出会う　夏目漱石」展も開催された。

平成28年に開催の漱石展は過去最高動員数を記録したとか。実際すごい人出でした……。かわいいグッズも増えたのでお金は多めに持っていこう！

神奈川県横浜市中区山手町110
☎045-622-6666
有
みなとみらい線元町・中華街駅6番出口から徒歩10分
『吾輩は猫である』トートバッグやブックカバー、一筆箋、マスキングテープ、『虞美人草』チケットホルダーなど。通販可

東北大学附属図書館
漱石文庫

漱石文庫

TOHOKU UNIV. LIBRARY

漱石文庫ロゴは香日ゆらデザインによる（写真とロゴは東北大学附属図書館提供）

漱石の旧蔵書約3000冊を中心としたコレクション「漱石文庫」。英文学関係書籍、日記、創作メモ、ノート、貸付簿、学生時代の幾何学答案（「97点」）、身体検査の記録、名刺入れ、教師時代の試験問題、謡本、原稿・草稿など、貴重な資料がたくさん。蔵書は、漱石の書き入れや傍線が入った書籍が3割を占めるのもポイントが高い。

漱石門下で当時の大学図書館長・小宮豊隆の尽力により、昭和19年（1944）に東北大学に搬入。貴重な資料が戦火による焼失を免れた。ちなみに、東北帝国大学法文学部教授だった阿部次郎の旧蔵書「阿部文庫」、狩野亨吉《かのうこうきち》の和漢書古典などを中心とした旧蔵書「狩野文庫」、土井晩翠旧蔵書「晩翠文庫」、ラファエル・フォン・ケーベル旧蔵書「ケーベル文庫」も所蔵。「漱石文庫」は当初小宮の意向で恩師ケーベルの文庫と並んで保管されていたが、移動して貴重書庫に納められた。閲覧は要事前申請。公式サイト「東北大学総合知デジタルアーカイブ」では「漱石文庫」「狩野文庫」資料を手軽に閲覧可。平成29年（2017）、仙台文学館と共催で「夏目漱石〜その魅力と周辺の人びと」展を開催。

漱石文庫の収蔵庫にもお邪魔しましたが、ここにある本が全部漱石が読んだ本か！ と思うとちょっと挙動不審になりました。漱石グッズのデザインが好きでよく人にオススメしてます！ 漱石文庫ロゴはシルエットでもわかるお約束の漱石と猫に、多数の収蔵を表す本棚をレイアウト、レトロ感が出るようアールヌーヴォー風のデザインにしました。

宮城県仙台市青葉区川内27-1 東北大学川内南キャンパス内（本館）

☎ 022-795-5939（情報サービス課貴重書係）

有　地下鉄川内駅下車

漱石の蔵書印と自筆水彩画『月と芒』による一筆箋や、直筆絵画を題材にしたクリアファイルを生協川内店にて販売。また、令和4年からは仙台の老舗和菓子店、白松がモナカ本舗とコラボした羊羹『吾輩は羊羹好な猫である』を販売中（ネットでも販売）

日本近代文学館

日本初の近代文学総合資料館。昭和42年（1967）開館。主に文人、研究者、遺族、出版社などからの寄贈による所蔵資料は約133万点。所蔵雑誌、図書、写真は公式サイトから検索でき、作家の肖像写真をWEBで眺めるだけでも楽しい。年4～5回企画される展覧会で様々な資料を見ることができる。初版複刻にも力を注ぎ、漱石の初版本（P117～130参照）の複刻も日本近代文学館によるもの。

漱石の『道草』原稿、肖像写真、書画、芥川龍之介宛て（「鼻」を激賞）などの書簡、津田青楓《せいふう》画「漱石山房と其《その》弟子達」、正岡子規遺愛の硯、五高時代の教え子で修善寺の大患に付き添った坂元雪《せつ》鳥《ちょう》の「修善寺日記」などを所蔵。また、芥川家寄贈による「芥川龍之介文庫」（約2900点）として、「歯車」などの原稿、「河童図」などの書画、漱石書軸、マリア観音などの遺愛品、遺書、旧蔵書などがある。図書・雑誌以外の資料の閲覧は研究目的に限り可。要予約。

グッズ
（写真全て日本近代文学館提供）

入館時にランダムで絵葉書が貰えるようで、友人と行って誰の絵葉書が当たるか、きゃっきゃするのも楽しい。同じ駒場公園内には昭和4～5年に建てられた旧前田家本邸洋館もあります

東京都目黒区駒場4-3-55 駒場公園内
03-3468-4181
有　京王井の頭線駒場東大前駅下車、徒歩7分
『虞美人草』『こころ』装幀や『吾輩は猫である』挿画を使用した絵葉書や一筆箋、芥川の写真や河童図を使用した絵葉書や一筆箋、森鷗外の色紙、正岡子規の紙本など。通販可
1階のBUNDANカフェは、「夏目漱石のあたたかいチョコレート」、コーヒー「芥川」、「寺田寅彦の牛乳コーヒー」など、作家ゆかりのメニューが豊富

鎌倉文学館

（鎌倉文学館提供）

鎌倉ゆかりの文学者の著書、原稿、愛用品などの文学資料を所蔵・展示する文学館。建物は昭和11年（1936）に建てられた旧前田侯爵家の別邸が鎌倉市に寄贈されたもので、和洋折衷建築。庭園の南側には600㎡近いバラ園があり、春は、5月中旬から6月下旬、秋は、10月中旬から11月下旬が見頃。昭和60年の開館に当たっては里見弴や、今日出海《こんひでみ》、小林秀雄、永井龍男らが尽力した。

漱石資料では『吾輩は猫である』原稿や、佐佐木信綱や田村俊子宛ての手紙、正岡子規が漱石に宛てた手紙などを所蔵している。「鎌倉ゆかりの文学」をテーマに常設展示があり、漱石や久米正雄、芥川龍之介、子規、高浜虚子を紹介している。平成29年（2017）「生誕150年 漱石からの手紙 漱石への手紙」展を開催。

鎌倉には27歳の漱石が参禅し、その体験をもとに『夢十夜』『門』を執筆したという円覚寺もある。ほかにも『こころ』の冒頭で「私」が「先生」と出会ったのは鎌倉の海水浴場であったり、「鐘つけば銀杏ちるなり建長寺」と詠んだり、避暑で材木座に滞在したり。逗留した親友菅《すが》虎雄の家や中村是《よし》公《こと》の別荘があったのも鎌倉。漱石自身は鎌倉に住んだことはないが、鎌倉とは多くの縁があったのだ。改修のため令和8年度（2026年度）まで休館中。

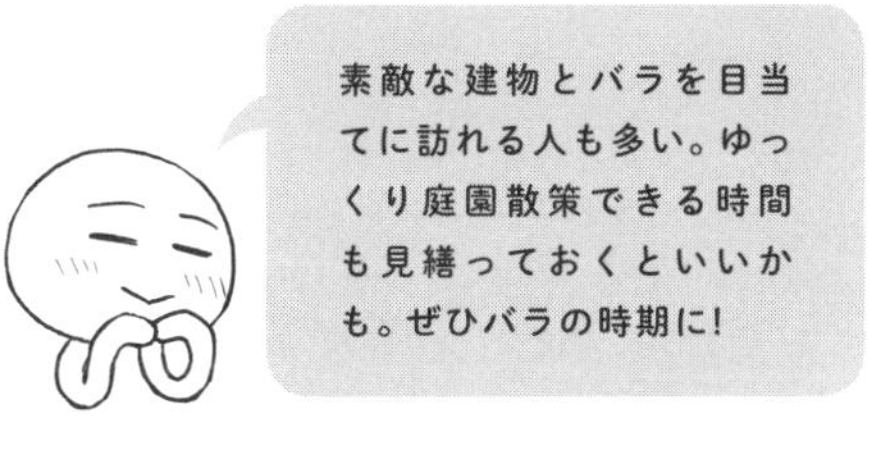
素敵な建物とバラを目当てに訪れる人も多い。ゆっくり庭園散策できる時間も見繕っておくといいかも。ぜひバラの時期に！

神奈川県鎌倉市長谷1-5-3
☎ 0467-23-3854（鎌倉市文化課）
江ノ電由比ヶ浜駅から徒歩7分
収蔵品図録や展覧会図録「漱石からの手紙 漱石への手紙」「芥川龍之介と久米正雄　われら作家を目指したり」「高浜虚子　俳句の日々」など

修善寺
夏目漱石記念館

「大患の間」

伊豆・修善寺のテーマパーク「虹の郷《さと》」内にある記念館。

明治43年（1910）8月、胃潰瘍を患っていた漱石は、門下・松根東洋城の案内で伊豆・修善寺温泉の菊屋旅館で転地療養をしていた。が、24日に大量吐血し、人事不省に（「修善寺の大患」）。なんとか復調し、10月に帰京した。

この菊屋旅館を移築したのが、夏目漱石記念館。漱石が滞在した部屋は「大患の間」として公開されている。当時の床の間、襖《ふすま》、ガラス戸が残されている。修善寺滞在の思い出を綴った随筆『思い出す事など』や『修善寺日記』を読んでから行くと、より感慨深い。

移築されたのは2階部分だけ。ということで平屋に見えますが、あそこは当時は2階だったとこなのです。小高くなった裏手に回ると俯瞰で見られて、また不思議な感じがします。「虹の郷」はイギリス村やカナダ村、小さなSLも楽しかった！

静岡県伊豆市修善寺4279-3
☎0558-72-7111
🖳有
伊豆箱根鉄道修善寺駅からバスで「虹の郷」下車

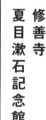

博物館 明治村

森鷗外・夏目漱石住宅

明治・大正の建造物60件超（うち重要文化財11件）が移築・保存されている野外博物館。昭和40年（1965）開村。NHKドラマ『坂の上の雲』など、明治時代を舞台にしたドラマのロケでもよく使われている。明治にタイムトリップしたような気持ちで、じっくり時間をかけて巡りたくなるテーマパーク。

「森鷗外・夏目漱石住宅」は千駄木にあった家を移築したもの。明治20年（1887）頃に建てられ、森鷗外が一年ほど過ごし、しばらく経って明治36年から39年まで漱石が借りて住んでいた。漱石は、この家で『吾輩は猫である』『坊っちゃん』『草枕』を執筆。

「学習院長官舎」は乃木希典《のぎまれすけ》が学習院の院長を務めていた明治42年に建設され、安倍能成《あべよししげ》の院長時代に明治村に移されたもの。ほか「明治天皇・昭憲皇太后御料車」「鉄道寮新橋工場」「東京駅警備巡査派出所」「帝国ホテル中央玄関」「幸田露伴住宅　蝸牛庵」「西園寺公望別邸　坐漁荘」「小泉八雲避暑の家」など当時を偲べる建築ばかりである。

建物以外に、妻・鏡子から門下・小宮豊隆に形見分けされた漱石旧蔵のシルクハットとフロックコートも所蔵している（非公開）。

見たい物が多すぎてとても1日では回りきれない！「森鷗外・夏目漱石住宅」の説明板の前では「へぇ～漱石と鷗外が一緒に住んでた家だって」という反応をよく見ることができます！（私調べ）

愛知県犬山市字内山1　☎0568-67-0314

有　名鉄電車名鉄犬山駅東口からバスで「明治村」下車

ミュージアムショップやSL東京駅売店では、漱石の初版本の装丁デザインを使用した雑貨や明治村オリジナルのカステーラ、食道楽のカレーなどを販売

村内には、牛鍋や洋食、デンキブランなどを味わえる店がある

夏目漱石内坪井旧居

明治29年（1896）4月、漱石は友人・菅虎雄の紹介により熊本・五高に英語教師として赴任。以後英国留学までの4年3カ月間、熊本で過ごした。妻・鏡子との新婚生活の地でもある。熊本で漱石は6回転居し、3番目・5番目・6番目の家が現存。「内坪井旧居」は5番目で、もっとも長く住んだ家。

内部には五高時代の写真などを展示。長女・筆子はここで誕生し、敷地内には産湯に使った井戸も残っている。五高時代の教え子で足しげく通ったのが寺田寅彦。「物置きでもいいから是非とも書生においてほしい」と頼んだが、案内された馬丁小屋のあまりの汚さに諦めたという小屋も現存。

平成28年（2016）の熊本地震で甚大な被害を受けたが、令和5年（2023）公開再開。なお、3番目に住んだ「夏目漱石大江旧居」（中央区水前寺公園）も令和5年度より記念館として公開中。

上：入り口
下：井戸（写真全て平成24年撮影）

間取りに襖の数に畳の数に……とネチネチメモした思い出が……。建物左手の目立つ洋館部分は漱石がいたころにはない後付けだそう。今思うと平成24年に熊本へ行けたことは幸運でした。ぜひまた行きたいです。

熊本県熊本市中央区内坪井町4-22
☎ 096-325-9127
🖥 有
熊本市電熊本城・市役所前駅から徒歩13分

熊本大学五高記念館

平成5年（1993）、第五高等学校に関する展示を整備し開館した記念館。もともと明治22年（1889）に第五高等中学校（五高の前身）本館として建てられ、教室棟として使用されていたもので、当時の雰囲気を感じることができる。五高の教育、教師、寮生活、卒業生などについて、さまざまな資料を所蔵・展示。教師時代の漱石の資料（試験問題など）も。平成28年（2016）熊本地震で被災、復旧・補強工事を経て、令和4年（2022）公開再開。

熊本大学構内には漱石が開校記念日に読んだ祝辞の碑、銅像、「秋はふみ吾に天下の志」の句碑がある。銅像の左手に頭をなでてもらうと頭がよくなるという言い伝えもある。

（写真全て平成24年撮影）

撮影掲載許可申請書を提出して写真を撮りまくりました！ 今は「Google」ストリートビューでも見られるようになったようです。熊本大学には赤煉瓦の表門など歴史的建造物が多いので、そちらもぜひ！

熊本県熊本市中央区黒髪2-40-1 熊本大学内
☎ 096-342-2050
駐車場 有
JR熊本駅からバスで「熊本大学前」下車
「熊本大学五高記念館図録」など。熊本大学生協では五高記念館、ラフカディオ・ハーン、漱石と、3種のパッケージの「五高珈琲」も販売

草枕交流館・前田家別邸

上：前田家別邸「離れ」
下：前田家別邸「男湯」（写真全て草枕交流館提供）

明治30年（1897）の暮れから翌年1月にかけて、小天《おあま》に温泉旅行に出かけた漱石。前田家別邸の離れに宿泊し、ゆっくり過ごした。明治39年、この頃の体験を題材に書いたのが『草枕』。ヒロイン那美のモデルは自由民権運動の闘士・前田案山子《かがし》の娘・ツナである。のち、東京で漱石と再会もしている。ちなみにツナの妹・ツチの夫は、宮崎滔天《とうてん》で、滔天の息子・龍介の妻は柳原白蓮《びゃくれん》である。

現在、小天には『草枕』の舞台となった「前田家別邸」やその歴史資料館「草枕交流館」が整備されている。「前田家別邸」には、漱石が宿泊した「離れ」「浴場」が現存し、一般公開されている。「草枕交流館」では、映像や「前田家別邸」の完全復元模型、所蔵資料などで『草枕』の背景や前田家の歴史、人物を紹介している。

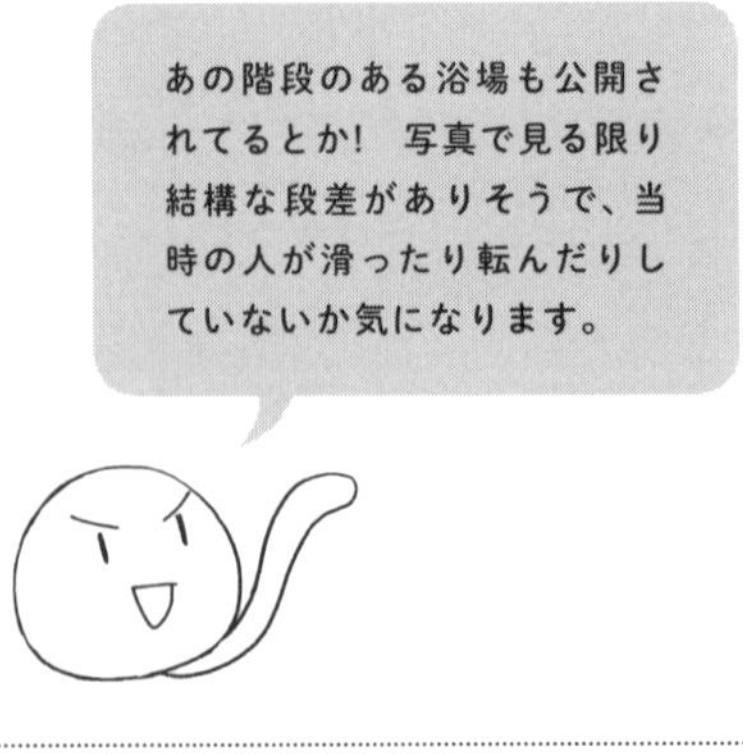
あの階段のある浴場も公開されてるとか！　写真で見る限り結構な段差がありそうで、当時の人が滑ったり転んだりしていないか気になります。

熊本県玉名市天水町小天735-1
☎0968-82-4511（草枕交流館）
有
桜町ターミナルからバスで「小天温泉」下車、徒歩10分

くまもと文学・歴史館

前身である熊本近代文学館が収集してきた文学資料と熊本県立図書館所蔵の歴史資料を併せて展示する。平成28年（2016）開館。展示室2では、熊本の文学の流れを歴史的背景と共に収蔵資料や解説パネルで紹介。館内の「収蔵資料デジタルコレクション」では、所蔵する漱石の書簡などを大型タッチパネルで公開。館の近くには句碑「ふるひ寄せて　白魚崩れん許《ばか》りなり」もある。

熊本県熊本市中央区出水2-5-1
☎ 096-384-5000
🖳 有
👣 熊本市電市立体育館前駅から徒歩5分

（くまもと文学・歴史館提供）

漱石の旅行先といえば、病気の静養・療養で2回訪れている湯河原も気になるところですが、宿泊した天野屋旅館は国登録有形文化財だったものの、解体されてしまったそうです。

愚陀佛庵《ぐだぶつあん》

倒壊前の愚陀佛庵（萬翠荘提供）

明治28年（1895）、松山中学校に赴任した漱石は、当初松山城山裾にある料理屋「愛松亭」に下宿し7月に上野家の離れに移った。日清戦争の従軍記者として清国に赴いた子規は、帰国の途上船中で喀血。須磨で療養中の子規に漱石は「松山に来て俳句を教えてくれないか」と手紙を書いた。俳句の師匠として招いたのである。

子規が1階、漱石が2階に住み、8月～10月の52日間、共に過ごした。庵の名は漱石が当時使用していた俳号「愚陀佛」から名付けられた。庵には毎晩のように子規を師と仰ぐ「日本派」の俳人が訪れて俳句を学んだ。子規はこの庵で俳句のバイブル『俳諧大要』を書き、漱石も句会に熱心に加わり文学に目覚め後に文豪となった。庵は文学史の現場ともいえる存在である。

戦災で焼失した庵は昭和57年（1982）に復元。句会などの場として親しまれていたが、平成22年（2010）土砂崩れにより全壊。現在は更地となっており、再建は断念されている。

なお、「松山市立子規記念博物館」では、子規が住んだ1階部分が復元されており、部屋にあがることもできる。松山市には松山中学校跡の碑や道後温泉のほか、「子規堂」「松山市坂の上の雲ミュージアム」「愛媛人物博物館」など、漱石と子規ゆかりの記念館も充実。漱石が「マッチ箱のような汽車」と書いた列車も「坊っちゃん列車」として復元運行している。

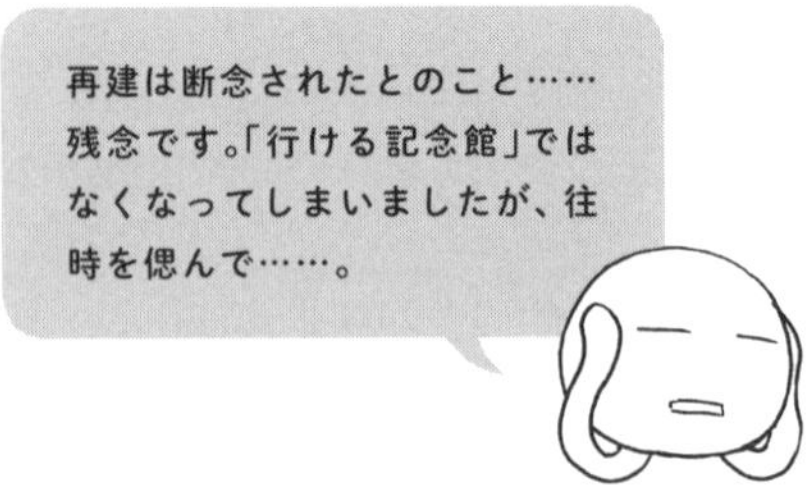
再建は断念されたとのこと……残念です。「行ける記念館」ではなくなってしまいましたが、往時を偲んで……。

愛媛県松山市一番町3-3-7 萬翠荘内（全壊のため現存していない）

☎ 089-921-3711

有

伊予鉄道大街道駅から徒歩5分

漱石引越し録

漱石は引越しが多かった。別に引越しが好きなわけではなく、
家賃が高かったり持ち主が帰ってきたり……と事情はさまざまでした。
有名作家になってからも借家暮らしだった漱石の
松山以降の引越し記録をまとめてみました。

松山	明治28年(1895) 4月〜	松山市一番町3丁目3番地	愛松亭に下宿。
	6月〜	松山市二番町8番戸	上野家の離れを借り「愚陀佛庵」と名付ける。
熊本	明治29年(1896) 4月〜	熊本市薬園町62番地	菅虎雄宅に身を寄せる。
	5月〜	熊本市下通町103番地	結婚に備えて一軒家を借りる。 もと妾宅で墓地が近く、妻・鏡子が嫌がる。
	9月〜	熊本市合羽町237番地	8間もあり下宿屋のよう。
	明治30年(1897) 9月〜	熊本県飽託郡大江村401番地	落合東郭の留守宅を借りる。 現存(水前寺公園に移築)。
	明治31年(1898) 3月頃〜	熊本市井川淵町8番地	落合の帰郷により引越し。
	7月〜	熊本市内坪井町78番地	元は狩野亨吉の借家であった。現存。
	明治33年(1900) 3月頃〜	熊本市北千反畑78番地	旧文学精舎(私学校)跡。現存。 引越して間も無く英国留学を命じられる。
ロンドン	明治33年(1900) 10月〜	76 Gower Street, London, N.W.1	下宿代が高かったので次の下宿を探し始める。
	11月〜	85 Priory Road, West Hampstead, London, N.W.6	Miss Milde宅。 『永日小品』の「下宿」に描写あり。
	12月〜	6 Flodden Road, Camberwell New Road, London, S.E.	Harold Brett宅。日本人の多い下宿。
	明治34年(1901) 4月〜	2 Stella Road, Tooting Graveney, London, S.W.	Brett夫妻の転居に伴い、一緒に引越し。
	7月〜	81 The Chase, Clapham Common, London S.W.	Miss Leale宅。帰国まで約1年半、 ほとんどの時間を3階の自室で過ごす。
東京	明治36年(1903) 1月〜	牛込区矢来町3番地中ノ丸	帰国後、義父・中根重一宅に落ち着いたが、 間もなく借家探しを始める。
	3月〜	本郷区千駄木町57番地	菅虎雄の助けを受けながら引越し。『吾輩は猫である』を執筆した家。明治村に現存。
	明治39年(1906) 12月〜	本郷区西片町10番地ろノ7号	家主であった斎藤阿具の帰郷により、千駄木から西片に引越し。門下が手伝った。
	明治40年(1907) 9月〜	牛込区早稲田南町7番地	いわゆる「漱石山房」。終の住家となる。 借家であったがのちに遺族が買い上げる。

＊記載住所は当時の住所であり、現在の住所とは異なります

漱石旅行録

漱石は若い頃から晩年まで、松島、富士山、京都、満洲・韓国……と
国内外広く旅行していました。目的は観光、登山、講演など様々。
『増補改訂　漱石研究年表』（荒正人著、小田切秀雄監修　集英社）を参考に
旅の記録をまとめました。

＊日付は居住地を出発・到着した日を採用しました。

18歳	明治18年（1885）	5月31日～ 6月1日（推定）	江の島	中村是公や太田達人など十人会の仲間（成立学舎出身者中心で作ったグループ。一緒に下宿してる）で徒歩遠足。 この旅が57ページからの漫画です
20歳	明治20年（1887）	夏頃	江の島 富士登山	是公らと江の島で遊び一泊し島の頂上に登った後、箱根・御殿場に一泊し富士山に登る。 ＊1回目の富士登山
22歳	明治22年（1889）	7月23日～ 8月2日	興津	三兄・直矩の病後療養のため。
		8月7日～ 30日	房州・ 上総・下総	学友らと房州・上総・下総旅行。船で浦賀を経て保田（ほた）に行き10日ほど滞在し鋸山に登る。
23歳	明治23年（1890）	8月中旬～ 9月上旬	箱根	20日ほど箱根に遊ぶ。
24歳	明治24年（1891）	7月下旬 または8月上旬	富士山	是公、山川信次郎と共に富士山へ登る。＊2回目の富士登山 東京で3人で、富士登山の格好で写真も撮りました
		9月中旬	大宮	氷川公園万松楼に正岡子規を訪ねる。 2、3日滞在し一緒に東京に帰りました
		10月24日～ 25日	大山	帝国大学文科大学の遠足で神奈川の大山に登る。
25歳	明治25年（1892）	7月7日～	京都	松山に帰る子規と共に関西旅行。比叡山に登る。神戸市で子規と別れる。 →『京に着ける夕（ゆうべ）』
		7月11日～	岡山	次兄・直則の亡くなった妻の実家を訪れ1カ月近く滞在する。
		8月10日～	松山	岡山から松山へ。帰省している子規を訪ね、高浜虚子に初めて会う。
		～8月31日	堺・神戸	26日に松山を立ち、大阪・京都・静岡に泊まりながら5日かけて帰郷。
26歳	明治26年（1893）	7月13日～ 15日	日光	友人らと日光に遊ぶ。
27歳	明治27年（1894）	7月25日～？	伊香保	洋書をたくさん持って勉強のために訪れたという。

27歳	明治27年(1894)	8月上旬?	**松島**	松島に遊ぶ。伊香保から直行か東京経由かは不明。
		9月1日〜3日	**湘南**	湘南へ海水浴に行く。 荒天の海に入り「快哉」を叫んだそう
		12月23日?〜1月7日	**鎌倉**	菅虎雄の紹介で鎌倉・円覚寺に釈宗活を訪ねる。
28歳	明治28年(1895)	4月7日〜9日	**松山**	引越し。
		12月25日〜1月10日	**東京**	東京に帰省。
29歳	明治29年(1896)	4月10日〜13日	**熊本**	引越し。虚子と宮島に泊まり広島で別れ、博多・太宰府・久留米などに寄り熊本へ。
		9月初旬	**福岡・北九州**	福岡にいた鏡子の叔父を二人で訪ね、北九州を1週間ほど旅行。
		11月14日〜19日	**天草・島原**	五高修学旅行の付き添い。
30歳	明治30年(1897)	3月末から4月初旬のどこか	**久留米**	久留米で療養中の菅を見舞い、高良山に登ったり桜を見たりする。 久留米と小天(おあま)旅行は『草枕』に活かされました
		7月8日〜9月10日	**東京・鎌倉**	鏡子を連れて東京に帰省。旧友(狩野亨吉や子規)を訪ねる。鏡子が流産のため鎌倉で静養することになり、東京・鎌倉を往復。ひきつづき鏡子の静養が必要なため一人で熊本に戻る。
		11月7日〜11日	**佐賀・福岡**	佐賀県尋常中学校、福岡の尋常中学校修猷館(しゅうゆうかん)・久留米明善校・柳川伝習館で講話や参観をする。
		11月頃	**小天**	山川らと共に初めて小天温泉に行き一泊する。
		12月27日か28日〜1月3日か4日頃	**小天**	山川に誘われ小天村に旅行。前田覚之助(案山子)と歓談。 正月に生徒が来てうるさいから逃げたとか
31歳	明治31年(1898)	5月から7月上旬までのどこか?	**小天**	狩野や山川など複数人で朝早く小山温泉へ。日帰りかも?
		11月11日	**山鹿**	五高修学旅行の付き添い。
32歳	明治32年(1899)	1月1日〜6日?	**大分**	奥太一郎と共に大分へ。宇佐八幡宮や耶馬渓などを見る。
		8月29日〜9月2日	**阿蘇**	山川と阿蘇に行く。阿蘇神社に詣でる。中岳の頂上付近まで登ったと推定される。 →『二百十日』
33歳	明治33年(1900)	7月18日?〜	**東京**	英国留学の辞令が出たため、熊本の家を引き払い東京へ向かう。

33歳	明治33年（1900）	9月8日～10月28日	イギリスまでの各地	9月8日新橋停車場を出発し、横浜でプロイセン号に乗る。9日神戸に上陸。11日長崎に上陸。13日（呉淞（ウーソン）に入港し）上海に上陸。19日香港に上陸。25日シンガポールに上陸。10月1日コロンボに上陸。18日ナポリに上陸。19日ジェノバに上陸。20日列車でパリに向かう。21日パリに到着。22日エッフェル塔に登り万国博覧会を見る。28日朝パリを出発し夜ロンドンに到着。	
35歳	明治35年（1902）	10月初旬～10月末か11月初旬	スコットランド	スコットランドに旅行。ピトロホリ（ピトロッホリー）に滞在する。	
		12月5日～1月24日		12月5日日本郵船博多丸でロンドンを出発（帰りは行きのようにどのような行程であったかなどの日記が残されていない）。1月23日神戸に上陸。急行で東京に向かう。24日新橋停車場に到着。	
40歳	明治40年（1907）	3月28日～4月12日	京都・大阪	京都の狩野の家に泊まる。菅もいる。京都観光や大阪朝日関係者との面会など。虚子も来て京都のお茶屋などに誘われる。	→『京に着ける夕』
42歳	明治42年（1909）	9月2日～10月17日	満洲・韓国	満鉄総裁である是公に誘われ満韓旅行。視察のような日程に宴会に講演にと休まらず、出発前から悪くしていた胃を悪化させることに。	→『満韓ところどころ』
43歳	明治43年（1910）	8月6日～10月11日	修善寺	転地療養で赴いた修善寺温泉で大量吐血し人事不詳に（「修善寺の大患」）。	→『思い出す事など』
44歳	明治44年（1911）	6月17日～21日	長野・新潟	長野各地や新潟で講演。善光寺など参詣しつつ、帰り松本城に登る。鏡子も連れて行く。	→『教育と文芸』
		8月11日～9月14日	明石・和歌山・大阪	各地で講演会や宴会に出席。具合が悪くなり大阪の湯川胃腸病院に入院。入院を知り鏡子も来る。	→『道楽と職業』『現代日本の開化』『中味と形式』『文芸と道徳』
45歳	明治45年／大正元年（1912）	7月21日～8月14日	鎌倉	鎌倉材木座に別荘を借り一家で行く（女中も一緒）。次男・伸六が猩紅熱で入院したり、漱石も鏡子も東京と鎌倉を行ったり来たり。是公の鎌倉の別荘を訪ね旅の相談などする。家族は8月末まで滞在。	
		8月17日～31日	塩原・日光・軽井沢・長野	是公と塩原などを旅行。是公には同行の女性あり。	
48歳	大正4年（1915）	3月19日～4月17日	京都	津田青楓や西川一草亭がホストの京都旅。茶屋の女将である磯田多佳もよく来る。当初から風邪気味で胃の調子も悪く、胃痛のため奈良行きは中止。朝日や友人らにも内緒の旅だったらしいが、寝込んでしまったために大阪朝日から電話は来るし鏡子も東京から駆けつけることに。	
		11月9日～17日	湯河原	是公と共に湯河原へ。特に誰かに引き合わされたり挨拶したりなどない気楽な旅行に見える。	
49歳	大正5年（1916）	1月28日～2月16日	湯河原	リューマチの治療のため湯河原へ。途中で是公が芸妓を連れて合流する。2月初めに鏡子が来るが、是公が来ているのを知らないので驚く。14日に鎌倉の是公の別荘に泊まってから帰る。	内田百閒が借金のお願いに来たのはこの時か？

漱石18歳の江の島旅行

明治の文豪
夏目漱石が
当時つるんでいた仲間たちと
勉強なんてしないぜー
＊現代で言えば予備校が一緒だったグループ
はにかみ屋
まだ髭も生やしていない18歳の頃の話
明治18年
東京大学予備門予科生
江の島に一泊旅行に行こう！
流れは不明だがとにかくこういうことになった
主な登場人物
夏目金之助
後の文豪・夏目漱石
いろいろあって当時は塩原姓
中村是公《よしこと》
後の満鉄総裁　通称ぜこう
太田達人《たつと》
この旅の話を記録に残してくれた人
＊参加者は推定7人。誰の発言かについては資料に記述が乏しいのでその辺りは適当です

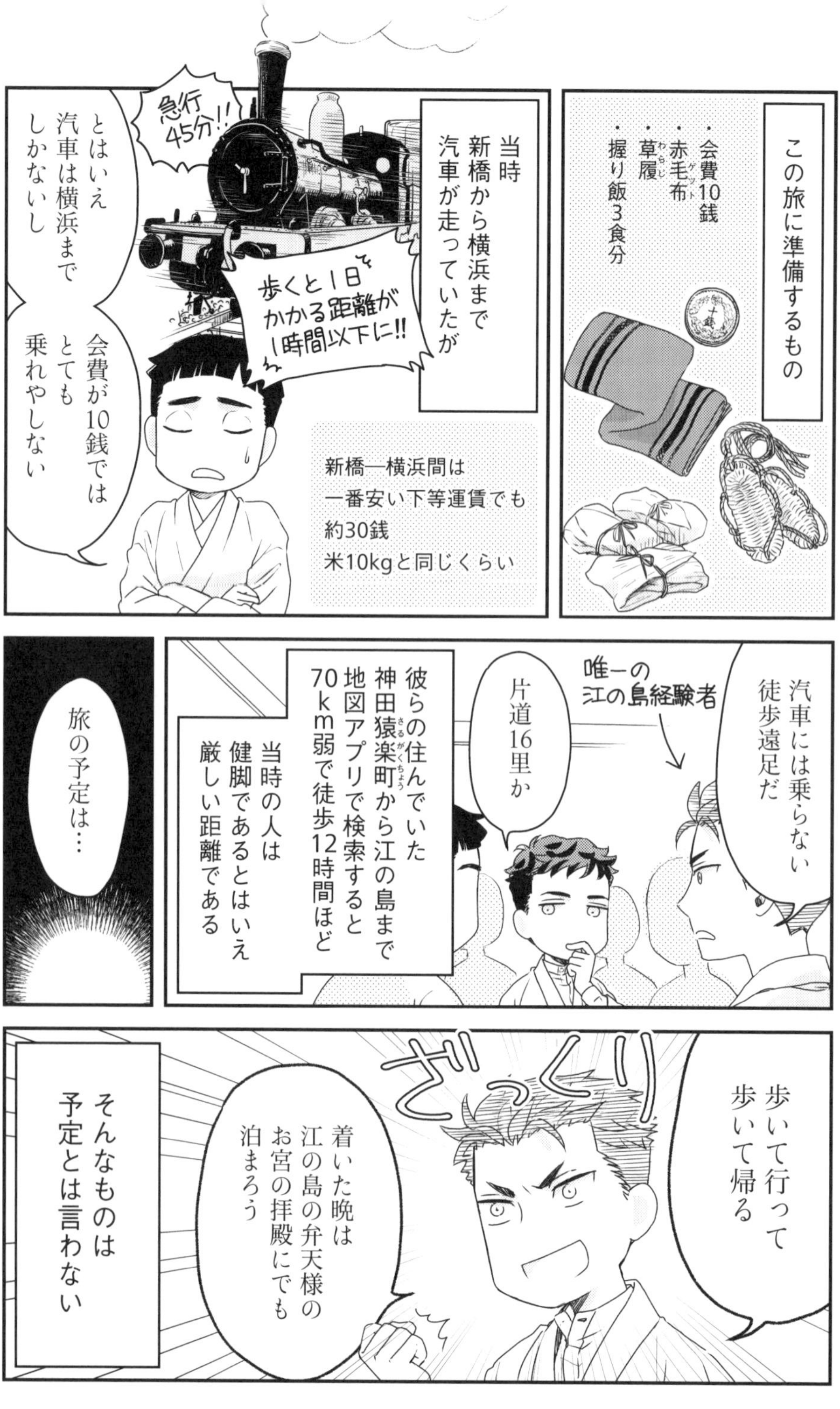
この旅に準備するもの
・会費10銭
・赤毛布《ゲット》
・草履《わらじ》
・握り飯3食分
当時
新橋から横浜まで汽車が走っていたが
急行45分!!
歩くと1日かかる距離が1時間以下に!!
とはいえ汽車は横浜までしかないし
会費が10銭ではとても乗れやしない
新橋—横浜間は一番安い下等運賃でも約30銭
米10kgと同じくらい
汽車には乗らない徒歩遠足だ
唯一の江の島経験者
片道16里か
彼らの住んでいた神田猿楽町《さるがくちょう》から江の島まで地図アプリで検索すると70km弱で徒歩12時間ほど
当時の人は健脚であるとはいえ厳しい距離である
旅の予定は…
歩いて行って歩いて帰る
ざっくり
着いた晩は江の島の弁天様のお宮の拝殿にでも泊まろう
そんなものは予定とは言わない

神田猿楽町を真夜中に出て
足痛いー
もう無理だ
帰るー
みんな痛いんだ一緒に行くぞー
やっと着いた江の島は
暗っ
? ?
どうやって渡るんだ?
わからん
ざざーん
前来た時はこんなはずじゃなかったが
渡れないんじゃ仕方がない
うーむ
＊海岸の窪地
寝るか
野宿!!
雨が降り
ポツ ポツ ポツ
ビュウウウウ
ヒュー
風は吹き犬が鳴き
ワン ワン ワン ワン
朝になっても江の島は海の向こうだった
どうやって渡るんだ?
あの木戦々兢々《せんせんきょうきょう》としてるぞ
俺の脚絆《きゃはん》が無い!
あの犬が咥《くわ》えてるぞ!
ワン ワン
ジャリ ジャリ ジャリ
バA バA
ザザ
砂まみれー

当時江の島に渡るには干潮時に歩いて渡るか満潮時に渡し舟か人足《にんそく》に背負ってもらって渡るかだった
客か？
客か？
じゃぶ
じゃぶ
＊江の島に桟橋が架けられたのは明治24年
知らない海を渡るのは危険だし
金を払って渡してもらうしかないか
背負ってもらうにも全員分の金は無いぞ
一人だけ背負ってもらって残りは後をついていけば
よしじゃあ誰が
俺がおぶさる！
しゃぱっ
「そこらは素早い男でしたよ」太田談
ちゃっかり
一行は無事江の島を満喫
まぁ金ちゃんだから…
ラクチン
じゃぶ
じゃぶ
明治時代の人だって後に偉くなった人だって仲間と一緒にノリと勢いでバカと無茶をする
グダグダだけど楽しそうな若き漱石の旅でした
帰りは汽車で帰る組と駆け足で帰る組に分かれ漱石は駆け足組だったが…
早かったな
あれ？
汽車組
ちゃっかり
嫌になったから俺だけ途中で汽車に乗ってきた

文学碑・銅像案内

ゆかりの地に立つ記念碑・文学碑・銅像をまとめてみました。
漱石の碑は沢山あり、私もまだ見たことないものがたくさんあります。
身近なところに意外な碑があるかもしれません。

＊俳句や漢詩の碑も各地にあるのですが、『日本の文学碑1 近現代の作家たち』を
確認しただけでも70基ばかりあり……!
ゆかりの地に建つものから俳句の小道といった俳句が並ぶ中の一つのもの、
古く撤去されたもの、新たに建てられたもの……
とてもこの紙面でまとめることができずに断念しました。
＊参考文献:『日本の文学碑1 近現代の作家たち』(宮澤康造・本城靖監修 日外アソシエーツ株式会社)／
WEB「日本の文学碑」(松木貞雄・坂口明生作成)／ WEB「日本の銅像探偵団」

文学碑・記念碑

記念碑	北海道岩内郡岩内町字御崎13-9	**「文豪夏目漱石在籍地」**	昭和44年(1969)	明治25年(1892年)から大正3年(1914)まで、戸籍を岩内に移していたことを記念。
記念碑(P31)	東京都新宿区喜久井町1	**「夏目漱石誕生之地」**	昭和41年(1966)	生誕百年の折に設置。安倍能成書。
記念碑(P37)	東京都千代田区神田猿楽町1-1-1 お茶の水小学校脇	**夏目漱石記念碑「吾輩は猫である 名前はまだ無い 明治十一年 夏目漱石 錦華に学ぶ」**	昭和53年(1978)	錦華小学校(現・お茶の水小学校)で学んだことを記念。
記念碑(P36)	東京都文京区向丘2-20-7 日本医科大学同窓会橘桜会館内	**「夏目漱石旧居跡」**	昭和46年(1971)	ロンドンから帰国後に住んだ家の跡に設置。川端康成書(題字のみ)。
記念碑(P39)	東京都中央区日本橋1-6	**「漱石名作の舞台」**	平成17年(2005)	『三四郎』『こころ』など作品で日本橋が舞台になっていることを記念。奥島孝康書。
記念碑(P39)	東京都中央区日本橋室町1-4-1 日本橋三越本店屋上	**「漱石の越後屋」**	平成18年(2006)	三越と前身・越後屋と漱石との関わりを記念。奥島孝康書。
記念碑	神奈川県鎌倉市山ノ内1367 東慶寺参道	**「夏目漱石 参禅百年記念碑」**	平成6年(1994)	釈宗演の手紙(部分)と『初秋の一日』(部分)が刻まれている。
文学碑	愛媛県松山市一番町3丁目	**「愛松亭跡」**	昭和56年(1981)	松山で下宿した愛松亭跡に設置。明治28年同所にて書かれた恩師神田乃武宛の書簡碑も。
文学碑	熊本県阿蘇市黒川1442-2 坊中野営場	**「小説二百十日文学碑」**	昭和52年(1977)	有原末吉撰文・建立。
文学碑	熊本県阿蘇市黒川1442-2 坊中野営場	**「小説二百十日文学碑 善五郎谷(遭難)」**	平成8年(1996)	来熊百年を記念して設置。『二百十日』(部分)が刻まれている。

文学碑・記念碑	文学碑	熊本県阿蘇市小里 157　明行寺内	**「小説二百十日文学碑 銀杏の樹が門前にある お寺明行寺、夏目漱石」**	平成8年 (1996)	『二百十日』(部分)が 刻まれている。
	文学碑	熊本県玉名市天水町 小天735-1	**「小説草枕発祥之地」**	昭和51年 (1976)	小天旅行の体験をもとに『草枕』 が書かれたことを記念。
	文学碑	熊本県熊本市西区河 内町岳5-4 峠の茶屋公園内	**「春風や惟然が耳に 馬の鈴」**	平成元年 (1989)	『草枕』の一節と句が刻まれて いる。『草枕』に登場する峠の茶屋 は、この鳥越峠と野出峠のいずれ かのものといわれている。
	記念碑	熊本県熊本市 河内町西区野出 野出峠の茶屋公園内	**「草枕　峠の茶屋跡」**	昭和41年 (1966)	海の見える展望公園として整備 され、「天草の後ろに寒き入日か な」の句碑もある。
銅像・レリーフ	半身像 (P32)	東東京都新宿区 早稲田南町7 漱石公園内	**「夏目漱石」**	平成3年 (1991)	富永直樹作。「則天去私」 「ひとよりも空 語よりも黙 肩に来て人なつかしや赤蜻蛉」 の碑も。
	頭像	愛媛県松山市末広町 16-3　正宗寺内	**「『坊っちゃん』を書いた人 夏目漱石」**	平成10年 (1998)	阿部誠一作。子規像もあり。
	全身像 (P29)	熊本県熊本市 上熊本2-18-1 JR上熊本駅前	**「若き日の漱石」**	平成8年 (1996)	来熊百年を記念して設置。
	全身像 (P49)	熊本県熊本市中央区 黒髪2-39-1 熊本大学黒髪 キャンパス内		昭和37年 (1962)	五高開校75周年記念。明治30年 (1897)の開校記念日に教員総代 として読んだ祝辞の碑も。
	肖像 レリーフ	熊本県熊本市 中央区下通1-7-18 ホテルサンルート 熊本		平成8年 (1996)	熊本・第一旧居跡に立つホテルの エレベーターホールにある 肖像レリーフ。 「涼しさや裏は鉦うつ光琳寺」の 句も刻まれている。
	全身像	福岡県久留米市 城南町 京町第２公園内	**「夏目漱石と菅虎雄 像 金蘭の友」**	令和5年 (2023)	二人の友情を讃え、個人により 寄贈された。

漱石の手の下に頭を入れることで撫でられてるようなポーズで写真が撮れる

学問のパワースポットとして受験生に人気らしい

漱石のデスマスク

漱石の死後、門下の森田草平の発案によりデスマスクが作成された。二つ作られたうち、遺族が保管していた一つは太平洋戦争時に空襲で焼失。漱石生誕百年を記念し朝日新聞社所蔵のものから複製が作られた。

漱石のデスマスクを作成した新海竹太郎は、後に森鷗外のデスマスクも作成している。

漱石作品に登場する飲食店

上野精養軒

明治5年（1872）創業したフランス料理店・築地精養軒の上野店として、9年に開店。名士の会食の場としてよく使われた。『三四郎』では三四郎が精養軒で行なわれる会合に参加したり、原口が美禰子《みねこ》をお茶に誘ったりしている。『行人《こうじん》』では二郎と父が入ろうとするが貸切だったらしく、別の店に行くことになった。漱石自身も五高の教え子と会食したり馴染み深かったよう。現在「本店 グリルフクシマ」「本店 レストラン（洋食）」の2店があり、ゆったりと洋食を味わえる。

東京都台東区上野公園4・58
☎03・3821・2181
有
JR上野駅から徒歩5分

明治時代の上野精養軒（国立国会図書館蔵『東京景色写真版』より）

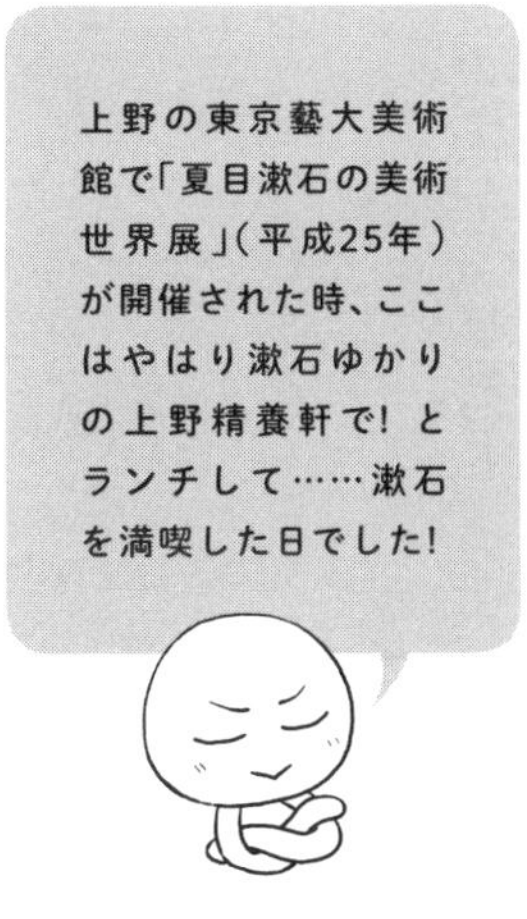
上野の東京藝大美術館で「夏目漱石の美術世界展」（平成25年）が開催された時、ここはやはり漱石ゆかりの上野精養軒で！とランチして……漱石を満喫した日でした！

日比谷松本楼

日比谷公園にある洋食店。明治36年（1903）創業。孫文がよく訪れたことでも有名。『野分《のわき》』では、高柳が中野と「公園の真中の西洋料理屋」の2階でビール、鮭のフライ、ビステキ（ビーフステーキ）などを食しながら語り合う。「ここん所へ君、このオレンジの露をかけて見給え」と青年は人指指《ひとさしゆび》と親指の間からちゅうと黄色い汁を鮭の衣の上へ落す。庭の面にはらはらと降る時雨の如く、すぐ油の中へ吸い込まれてしまった」。漱石ゆかりの東大にも支店あり（P35参照）。

東京都千代田区日比谷公園1・2
☎03・3503・1451
有
メトロ日比谷駅から徒歩2分

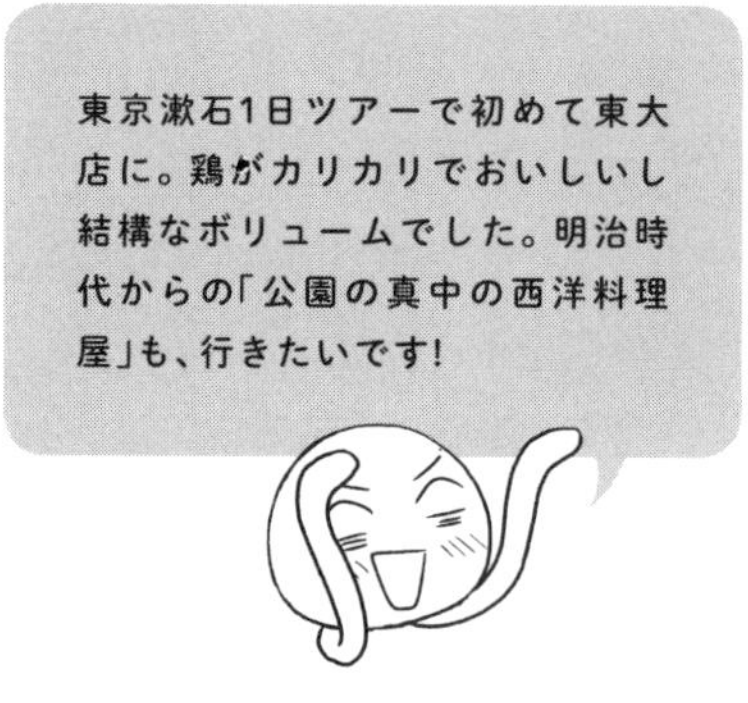
東京漱石1日ツアーで初めて東大店に。鶏がカリカリでおいしいし結構なボリュームでした。明治時代からの「公園の真中の西洋料理屋」も、行きたいです!

羽二重《はぶたえ》団子本店

文政2年（1819）「藤の木茶屋」として創業。団子が「羽二重」（高級な絹織物）のようだと評判を呼び、そのまま菓子の名と店名に。『吾輩は猫である』では、多々良三平が苦沙弥《くしゃみ》先生に「芋坂へ行って団子を食いましょうか。先生あすこの団子を食った事がありますか。奥さん一返《いっぺん》行って食って御覧。柔らかくて安いです。酒も飲ませます」と勧めている。今も団子にソフトドリンク、ビール、日本酒をいただける。

［本店］
東京都荒川区東日暮里5・54・3
☎03・3891・2924
JR日暮里駅から徒歩3分
［HABUTAE1819 羽二重団子 日暮里駅前］
東京都荒川区東日暮里6・60・6・103
☎03・5850・3451
JR日暮里駅から徒歩1分
有

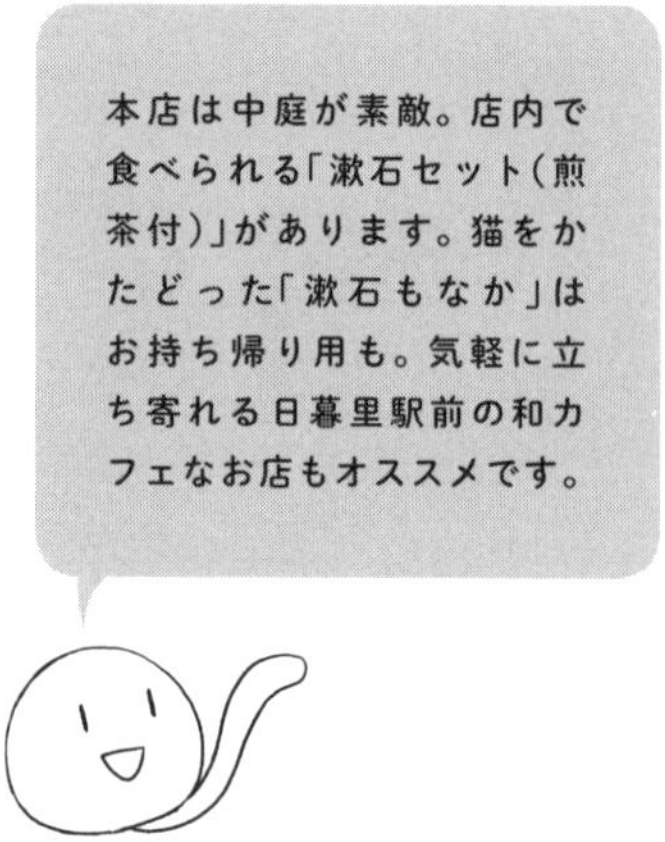
本店は中庭が素敵。店内で食べられる「漱石セット（煎茶付）」があります。猫をかたどった「漱石もなか」はお持ち帰り用も。気軽に立ち寄れる日暮里駅前の和カフェなお店もオススメです。

コラム

旧制高校と帝国大学

旧制高校とは？

漱石関連の本を読んでいると、「旧制高校」がよく出てきます。旧制高校とは、中学校修了者、もしくは同等以上の学力のある男子を対象に、国民道徳を充実させ、高等普通教育を完成させることを目的としていた高等教育機関です。第二次大戦後、新制高校と対比して「旧制高等学校」（旧制高校）と呼ばれるようになりました。

旧制高校は、明治27年（1894）に高等中学校が改称されて発足しました。この時点で第一高等学校から第五高等学校までが存在し、その後、順次第八高等学校まで設立されました。この一高から八高までがナンバースクールと呼ばれます。なかでも漱石と特に縁の深いのが、教鞭を執った一高（東京）と五高（熊本）です。

《ナンバースクールとその場所》

第一高等学校　東京
第二高等学校　仙台
第三高等学校　京都
第四高等学校　金沢
第五高等学校　熊本
第六高等学校　岡山
第七高等学校造士館　鹿児島
第八高等学校　名古屋

ちなみに漱石が入学したのは一高の前身の前身「東京大学予備門」。在学中（明治19年）に学制改革により「第一高等中学校」と改称されたのですが、漱石を含め多くの人が当時の事を語るときは、「予備門」と呼んでいます。やはりそちらの方に愛着があったのでしょうか。

なぜ八高までしかないのか？

五高までは一度に発足しましたが、それ以降ナンバースクールが欲しい各地で、設立地域の選定をめぐり誘致が盛んになりました。六高誘致の際には、岡山県と広島県が争って、議場の外で代議士が摑み合いになったという話も……。

第九高校を設立する地域選定の際には、新潟と松本の激しい誘致合戦が行なわれました。松本はかつて七高の設置が内定したものの、鹿児島にさらわれたので、今度こそ！ と鼻息が荒かったもよう……（薩摩の藩閥の圧力、おそろしや）。

誘致合戦は過熱しすぎて泥試合に。結局どうしようもなくなり、喧嘩両成敗。新潟高校および松本高校と地名を付けることで決着し、大正8年（1919）に、その他2校と共に発足。以降各地にナンバーの付かない高校が設立されます。これらは、ナンバースクールとは区別して、「ネームスクール」と呼ばれています。

一高での言葉の問題

ナンバースクールが各地に出来る前の時代、各地から一高に来ていた学生は、「自分は一高生だ」という希望と自負に満ち溢れていました。

一握りのエリートとして選ばれた各地の秀才と交流するにあたって、一高内では、やはりどこか気取った標準語的な喋り方で会話していたようです。一方、地元人同士でつるむときは、ばりばりの方言だったそうです。

もちろん、方言がなかなか抜けない人もいて、そんな人はからかわれたようです。当時はまだ、各地の方言が強い時代で、もう、外国語みたいなものです。漱石も『百ズーサン』とか仙台風に」とか手紙でネタにしています。113……。仙台出身の土井晩翠（二高から帝大に進学）の英語は仙台訛りだったという話もあります。でも漱石自身も、たまにものすごく江戸っ子喋りだったとか。

なお、旧制高校では、特有の用語や隠語がいろいろと生み出されました。ドイツ語由来の「シャン」（美人）とか「ドッペる」（落第）は有名なところでしょうか。

ナンバースクールから帝大へ

ナンバースクールからの進学は、ほとんどが帝大。東京、東北、京都、北海道……。なかでも、東京帝大は特別なものだったそうです。

森田草平によると「一高から帝大にいった人が、その科のトップを取らねばならない」という暗黙の使命（伝統？）が存在していたそうです。ところが、森田と同期の英文科には、三高出身で秀才の誉れ高い中川芳太郎がいたため、森田は「伝統は大事だから頑張ろうと思ったけど、相手が相手だから早々に諦めた」とか。漱石は、中川の卒論に満点をつけました。

帝国大学（帝大）の変遷

東京帝大も呼び方が微妙に変わっています。設立は明治10年。この時の名称は「東京大学」です。その後、明治19年に帝国大学令により、「帝国大学」と改称。さらに京都に帝国大学が創設されたことにより、「東京帝国大学」へ。

帝大はその後、東北、九州、北海道、京城、台北、大阪、名古屋に設立され、そのうち国内の大学が、戦後、新制国立大学となりました。

III

漱石をめぐる人々

漱石について知ろうとすると、
家族をはじめ、友人、門下、
多くの人々が登場します。
彼ら・彼女らとの関係を知ると、
漱石がより立体的に見えてきます。

明治44年(1911) 4月12日漱石山房にて、森成麟造医師送別会の記念に撮った集合写真。前列左から漱石の次女・恒子、妻・鏡子、長男・純一、四女・愛子、長女・筆子、三女・栄子、小宮豊隆、坂元雪鳥、野村伝四。後列左から松根東洋城、森成、東新、漱石、野上豊一郎、安倍能成。円内に左から鈴木三重吉、森田草平(日本近代文学館提供)

松山・熊本時代の教え子
寺《てら》田《だ》寅《とら》彦《ひこ》……P77
松《まつ》根《ね》東《とう》洋《よう》城《じょう》……P78
小《こ》宮《みや》豊《とよ》隆《たか》……P79
鈴《すず》木《き》三《み》重《え》吉《きち》……P80
森《もり》田《た》草《そう》平《へい》……P81
野《の》上《がみ》豊《とよ》一《いち》郎《ろう》……P82
夫を介して師事
野《の》上《がみ》弥《や》生《え》子《こ》……P83
夫婦
安《あ》倍《べ》能《よし》成《しげ》……P84

友人
予備門時代からの友人
中《なか》村《むら》是《よし》公《こと》……P71
正《まさ》岡《おか》子《し》規《き》……P72
高《たか》浜《はま》虚《きょ》子《し》……P73
東京帝大・大学院からの友人
狩《か》野《のう》亨《こう》吉《きち》……P74
大《おお》塚《つか》保《やす》治《じ》……P75
菅《すが》虎《とら》雄《お》……P76

夏目漱石をめぐる人々
人物相関図
夏《なつ》目《め》漱《そう》石《せき》
妻
夏《なつ》目《め》鏡《きよう》子《こ》……P70
門下
漱石が教師の頃からの門下
東京帝大・一高時代の教え子
阿《あ》部《べ》次《じ》郎《ろう》……P85
中《なか》勘《かん》助《すけ》……P86
漱石が作家になってからの門下
内《うち》田《だ》百《ひやつ》閒《けん》……P87
和《わ》辻《つじ》哲《てつ》郎《ろう》……P88
第四次『新思潮』組
久《く》米《め》正《まさ》雄《お》……P89
芥《あくた》川《がわ》龍《りゆう》之《の》介《すけ》……P90
松《まつ》岡《おか》譲《ゆずる》……P91
文壇・出版社
森《もり》鷗《おう》外《がい》……P92
岩《いわ》波《なみ》茂《しげ》雄《お》……P93

夏目鏡子

なつめ・きょうこ

明治10年（1877）〜昭和38年（1963）

漱石との年齢差
［－10］

✣広島出身

よく言えば大らか、悪く言えば大雑把な漱石の妻鏡子。見合いの話がもちあがったのは明治27年のこと。写真交換ののち、明治28年に見合いの席で初めて漱石と顔を合わせた。

松山時代にお見合いをし、熊本時代に結婚。漱石は鏡子の朝寝坊のため朝食抜きで学校に行くこともあったが、お嬢さんであった鏡子も家のことや大量に来る客に苦労していた。第一子の流産、夫の留学に神経衰弱、離婚の危機、増えていく小うるさい門下……などありつつ、2男5女（五女は夭折）をもうけた。

長年、悪妻批難派と良妻擁護派の争いが繰り返されてきたが、近年は多少落ち着いた模様。夫婦間に一元論を用いても……である。

明治44年
（日本近代文学館提供）

本名はキヨ
旧姓は中根。

肩こりでしょっちゅう
按摩を頼む。

迷信深くなにかあったら
とりあえず占い。

どーんとした写真が多いが鏡子によると太ったり痩せたりを繰り返していたという。

とりあえずコレ読んで!

鏡子の語りを娘婿の松岡譲が記した『漱石の思い出』は読むたびに発見があるくらい本当にいろんなことが書いてあります。自分に都合良く書いているとの批判もありますが、学者でもない鏡子が自分の視点からの出来事を語っているのだから、それはしょうがないかと。貴重な記録が残されたことを、とりあえずありがたいと拝んで享受する方向です。

門下たちは、なぜ鏡子はもっと漱石に何々してやらないのかと言ったりしていますが、鏡子にしてみれば、私の気持ちも知らないで皆漱石の味方して! でした。

中村是公《なかむら・よしこと》

✣官僚／実業家／政治家　✣広島出身
✣東京大学予備門（第一高等中学校）→帝国大学法科大学英法学科

慶応3年
（1867）
〜
昭和2年
（1927）

漱石との年齢差
［±0］

豪放磊落な性格で、2代目満鉄総裁、鉄道院総裁、東京市長などを歴任した畑違いの友人。

漱石との付き合いは予備門入学前から。帝大卒業後は進路の違いもあり疎遠になったが、時間を経ても顔を合わせればまた昔通り。

互いに偉くなっても漱石がどんな小説を書いているかもよく知らない是公と、是公がどれだけの立場の官僚かもよく知らない漱石。だからこそ互いの世界の評価を気にせず、いつまでもただの「ぜこう」と「金ちゃん」であった。

22歳の頃、ボート大会で勝った報奨金で是公が買ってくれた本は、今も東北大学図書館に保管されている。

スポーツマンで女好きで馬や犬の面倒を見るのが好き。セントバーナードを2頭飼っている。

旧姓・柴野、幼名・登一。通称「ぜこう」本名は「よしこと」。だがモノによっては「これきみ」のことも。

「フロックコートを着た猪」「べらんめい総裁」などの異名も。

是公のボスは後藤新平。

明治41年病気で隻眼に。

明治19年
（日本近代文学館提供）

大正元年
（日本近代文学館提供）

とりあえずコレ読んで！

是公は文章を書かないタイプの人であり、残っているのは漱石追悼の短い談話程度。書簡もほぼ残っていない（そもそも電話か突然来る是公とは、手紙のやり取り自体が少なそう）。

しかし！ ご安心ください!! 是公のことは漱石が書いているので！ とにかくまず『永日小品』の「変化」、『満韓ところどころ』を。『初秋の一日』は"O"が是公です。

菊池寛の『満鉄外史』や漱石の次男・伸六氏による『父と中村是公さんと』もぜひ。

正岡子規

まさおか・しき

✣俳人／歌人／国語研究家　✣愛媛（松山）出身
✣東京大学予備門（第一高等中学校）
↓帝国大学文科大学哲学科↓国文学科に転じ、中退

慶応3年
（1867）
〜
明治35年
（1902）

漱石との年齢差
［±0］

明治17年漱石と同じ年に大学予備門へ入学するが、寄席の話をきっかけに親しくなったのは明治22年のこと。

漱石にとって貴重な文学を語り合える友人となるが、間も無く子規は肺結核を病み喀血。のちに病身でありながら記者として日清戦争に従軍、帰国途中に病状悪化し重体となる。須磨で保養後、当時松山にいた漱石の下宿で一時静養したことも。以後過酷な闘病生活を送りながら俳句・短歌の改革運動に邁進した。

子規は友人に送った手紙も貰った手紙も書き写しておく人であった。そのおかげで現在でも若き日の交流を知ることができる。ちなみに漱石は手紙をまとめて燃やす派である。

漱石に俳句を勧め指導。子規の添削の入った句稿が残っている。

号は子規のほか獺祭書屋主人・竹の里人などなどとにかく多い。

本名は常規、幼名は処之助。のちに升《のぼる》と改め通称も升。

とりあえずコレ読んで！

漱石サイドからは『子規の画』『吾輩は猫である』中篇自序『正岡子規』（談話）など、子規サイドでは『筆まかせ』『墨汁一滴』の中に漱石の姿を見ることができるが、何と言っても文庫で『漱石・子規往復書簡集』（和田茂樹編）という本がありますので、とりあえずそれを繰り返し読んで、怒ったり論争（ケンカ？）したり思いやったりふざけたりウケ狙いがウケなかったりとかをお楽しみください。

漱石の門下にも子規について書いている人が結構いますので、そちらも楽しいです。

明治23年
（国立国会図書館蔵『漱石の思い出』より）

明治33年
（国立国会図書館蔵『明治文学研究2 正岡子規』より）

友人

高浜虚子

たかはま・きょし

明治7年
(1874)
〜
昭和34年
(1959)

漱石との年齢差
［－7］

✣俳人／小説家　✣愛媛（松山）出身
✣第三高等学校→第二高等学校へ転入、中退

漱石が小説を書くきっかけをつくった『ホトトギス』主宰。

虚子は子規に兄事しており、その縁で松山の子規宅に遊びに来ていた大学生の漱石を紹介された。

子規は虚子を己の仕事の後継者にと望んでいたが、虚子はその願いを拒絶。子規の期待は虚子にとっては一種の束縛であった。

ロンドン帰国後の精神状態が不安定な漱石に、気分転換に文章を書くことを勧め『吾輩は猫である』が生まれた。その結果二人の関係は編集者と人気作家へとシフトしていく。

「学問が無いから長い系統だった議論は出来ないが、文章に関しては一隻眼がある。くさされても聞く価値がある」（要約）と漱石は評している。

長生きしたので肉声なども残っている。
本名は清。
漱石を能に誘ったり夏目家にふらりとやってきて謡をうなったり鼓を打ったりする。

とりあえずコレ読んで!

『回想 子規・漱石』という文庫に一通りまとまっているので楽に読めます、ありがたい!

子規とのことを書いた小説『柿二つ』も。『柿二つ』は私と文体が合わなかったのか、すごく目が滑って大変でした……。

虚子は虚子なので、まぁいろいろあって、「虚子VS鈴木三重吉／正月酒の席でin夏目家座敷」「虚子VS内田百閒／謡についてin夏目家座敷」「虚子VS松根東洋城／決別後にばったりin夏目家玄関先」などを勝手に「虚子VS漱石門下三番勝負」と呼んでいます。

明治33年
（松山市立子規記念博物館所蔵）

撮影年不明
（日本近代文学館提供）

狩野亨吉

かのう・こうきち

慶応元年
(1865)
〜
昭和17年
(1942)

漱石との年齢差
［＋2］

✣教育者／哲学者／古書収集家／骨董鑑定家　✣秋田（大館）出身
✣東京大学予備門→東京帝国大学理科大学数学科
→卒業後、同文科大学哲学科二年へ編入→大学院

漱石も敬意を持って接した一高・帝大の先輩で友人。まさに博覧強記を地で行く人物である。四高教師時代は一人で数学と哲学を担当、漱石に招聘された五高では教頭を務め、33歳で第一高等学校の校長になり全寮制をしき、校風を確立。41歳で京都帝国大学文科大学初代学長、42歳で市井の人に。

漱石は野上豊一郎宛て書簡で「あれは学長なれども学長や教授や博士などよりも種類の違うたエライ人に候」と狩野を評した。

漱石の葬儀では友人総代として弔辞を読んだ。

撮影年不明
（東北大学附属図書館所蔵
『狩野亨吉遺文集』より）

収集した蔵書は10万冊以上。
そのうち2点がのちに国宝に。
死後、春画のコレクションも見つかる。
当時の東宮（後の昭和天皇）の教育掛に推されたが自分は危険思想の持ち主であるからと固辞した。

とりあえずコレ読んで！

狩野は書ける人なのに残した著作が少ない人でした。もったいない案件ですが狩野なのでしょうがないのです……。

そんな狩野ですが談話は受けてくれたようで、『夏目君と私』『漱石と自分』があります。談話でも「どんなことにしろ物事の真相が誤らずに伝えられることは稀であり、その上近来甚だ記憶が不確かであるからあんまり話をしたくない」と最初に述べる狩野さんはマジ狩野さんです。

あと小林勇の『隠者の焔』を読んでください。

大塚保治

おおつか・やすじ

明治元年（1868）〜昭和6年（1931）

漱石との年齢差［－1］

✣美学者／教育者　✣群馬出身

✣東京大学予備門→帝国大学文科大学哲学科→大学院

一般的な扱いは歌人・大塚楠緒子《くすおこ》の夫だが、漱石界隈では中村是公・菅虎雄・狩野亨吉と並ぶ大事な生涯の友人の一人である。

先輩であり同窓、漱石とは寄宿舎で一緒になり親しくなった。どうやら寄宿舎は科ごとで部屋割りされているらしい。

明治28年大塚家の婿養子になり小屋姓から大塚姓に。

楠緒子は漱石の憧れの女性として取り上げられ、三角関係だなんだと後世話題になる。しかしその一方、楠緒子亡き後の後妻選びを漱石に相談したりしている。

帝大で日本人として初の美学・美術史の講座を持ち、漱石門下の多くもその講義を受けた。

大塚はほんと写真が無くて残念です。
松岡や芥川は大塚の顔を「いい顔」としているので当時のイケメン枠であったと思われる。
……が、それに対する漱石の返しは「あんなバァさんみたいな顔の男がいいのかね」でした。
漱石より年下だが学年は2年上で狩野や菅と同学年。その頃の文科は人数も少なく学年別でも顔見知りではあったようです。

とりあえずコレ読んで!

「自分は夏目君の性格や思想なぞを知っている点で、恐らく随一だろう」、が、終始一緒にいたり会っていたから却《かえ》ってこれという記憶がない……と言う大塚。他の人には書けないちょっとした細かい情報がいっぱいな『学生時代の夏目君』『台ランプの下で』『夏目君の文学論』などはぜひ!

漱石に勧められても論文・著作を書かなかった大塚らしく、漱石についても談話ばかりですが、大塚自身の情報自体が少ないので、しゃべってくれるだけ本当にありがたい!

菅虎雄

すが・とらお

✣独語学者／教育者／書家　✣福岡（久留米）出身
✣東京大学医学部予科→文科に転じ→東京大学予備門→第一高等中学校→帝国大学文科大学独文学科

元治元年（1864）〜昭和18年（1943）

漱石との年齢差［＋3］

菅と漱石が親しくなった経緯ははっきりしない。同じ文科の先輩後輩として顔見知りではあったと考えられる。

大学院時代の精神状態が不安定な漱石を引き取ったり鎌倉の禅寺を紹介したのも菅、松山中学を斡旋したのも菅、松山はもう嫌だという漱石に五高を斡旋したのも菅……などなど漱石の人生の局面には菅がいる。

また菅・狩野亨吉・大塚保治にとって漱石門下の多くは彼らの教え子でもあった。

漱石は「あいつの独逸語はあやしいもんだが字は立派なもんだ」と菅の書を高く評価。互いに自分が先に死んだら墓の字を書いてくれと約束しており、それは漱石の死によって実現することとなった。

菅が清国に行った際漱石は「君が居なくなって悪口を闘わす相手が居なくなって甚だ無聊を感ずるよ」との手紙を送る。漱石が素直だ……。

号は白雲、陵雲
居士号は無為。

菅のみが知るだろう漱石の秘密は晩年になっても一切語らず。

昭和初期か
（原武 哲 提供）

芥川は『羅生門』の題字を菅に頼んだ。

俳句のセンスはいまいち。

とりあえずコレ読んで！

漱石の『京につける夕』の「主人」は狩野で「居士」が菅。『道草』の古（旧）い友達も菅です。あとは菅の談話『夏目君の書簡』とか、菅宛の漱石書簡のくだけた文章にニヤニヤするのもいいのですが……えーココでは基本的に後世の研究者ではなく、できるだけ当時を知る本人や交流があった人物の著作を紹介しているのですが、菅は本当、とりあえずコレ読んでと言える資料が少なくて。

というわけで菅を知るためには『夏目漱石と菅虎雄——布衣禅情を楽しむ心友』（原武 哲）を読んでください。

寺田寅彦

てらだ・とらひこ

明治11年
(1878)
〜
昭和10年
(1935)

漱石との年齢差
[−11]

✣物理学者/随筆家/俳人　✣高知出身(東京生まれ)
✣第五高等学校→東京帝国大学理科大学物理学科→大学院

五高時代、落第しそうな友人の点を貰うため夏目家を訪れ、俳句の話を機に「まるで恋人にでも会いに行くような心持ちで」足繁く通うようになる。

本業は物理学者。面白そうな論文があれば漱石に話して聞かせ、それらはよく漱石の作品内に取り入れられた。

面会時間を設定しても、他の人がいたら先生と話ができないからと平気で他の時間にやってくるので、木曜会で見かけることは少ない。

「先生がいつまでも名もないただの学校の先生であってくれたほうがよかった」と書く寅彦は、他の門下も一目おく別格の存在であり、漱石の方でも尊敬と愛情を持って接していた。

漱石は理科的なこと、音楽的なことはまず寅彦に聞く。
「好きなもの
イチゴ珈琲花美人
懐手して宇宙見物」
漱石から子規にも紹介される。
号は藪柑子、寅日子
牛頓(にゅーとん)など。
筆名に吉村冬彦。
声が低い。

とりあえずコレ読んで!

寅彦を扱った本は身内や弟子が書いたものも現代の本もオススメ本が多すぎるので、片っ端から読んでほしいけれど、とりあえず『夏目漱石先生の追憶』を!

漱石が亡くなってすぐに書いた『夏目先生』(ローマ字作品)で先生との思い出は言い尽くせない、むしろ話したくない、語ることは耐え難いと書いた寅彦が『夏目漱石先生の追憶』を書いたのは昭和7年になってからのことでした。15年……。『思い出るまま』と題された追悼の短歌もものすごい。これらが全部まとまった文庫『漱石先生』が出ました。

大正6年頃
(高知県立文学館所蔵)

門下

松根東洋城《まつね・とうようじょう》

✣俳人／宮内省式部官など　✣愛媛出身（東京生まれ）
✣第一高等学校→東京帝国大学法科
→京都帝国大学法科大学仏法科に転学

明治11年
（1878）
〜
昭和39年
（1964）

漱石との年齢差
［−11］

ロンドンから帰国した漱石の元を訪れ師事するようになった東洋城は、松山中での教え子である。五高時代の漱石に手紙で俳句の添削を受けていたこともあるという。

子規や虚子にも指導を受けてはいるが、自分の俳句の師は漱石であると主張する。だが漱石の俳句はクサす。子規没後も漱石にねだって俳句を作らせた功績は大きい。

ゆっくり俳句でも作りましょうと修善寺での転地療養に誘ったのは東洋城であった。

鷹揚で他人の評価を気にせず、物怖じせず妥協せず遠慮しない。漱石はその性格を可愛がったが、その性格ゆえか嫌う人も多い。

明治44年
（日本近代文学館提供）

本名は豊次郎。

父は伊予宇和島藩家老松根図書の息子。母は宇和島藩主伊達宗城の娘。伯母の義妹が大正天皇の生母。柳原白蓮は義理の従姉妹である。

鈴木三重吉などからは「殿上人」と揶揄される。

面会日の設定に不満で「僕の為に遊びに来る日を別にこしらえて下さい」と言う。漱石に諭され諦めて木曜にきました。

とりあえずコレ読んで！

『終焉記』『先生と病気と俳句』など漱石については、いろいろ書き残していますが、『漱石先生と共に』が漱石とのいいエピソードが多くオススメです。『松山時代』には「先生はいつも紺の背広を着て居られた」とあり、色を書いてくれているのは本当ありがたい。文は正直読みやすくはないです。

寺田寅彦・小宮豊隆・東洋城の3人で俳句を通しての漱石先生を研究する『漱石俳句研究』もおすすめ。俳句研究とはありますが、解釈や漱石観をわいわいとぶつけ合い、それぞれの性格もよく出ているので面白いです。

小宮豊隆

こみや・とよたか

明治17年
(1884)
〜
昭和41年
(1966)

漱石との年齢差
[−17]

✣独文学者／文芸評論家／演劇評論家　✣福岡出身
✣第一高等学校→東京帝国大学文科大学独文学科

帝大入学の保証人になってもらうため、従兄・犬塚武夫（ロンドンで漱石と同宿）に紹介された漱石を訪ね、以後夏目家に出入りするように。夏目家の奥向きの手伝いもよくしていた。

朝日の文芸欄を自分たち仲間の気焔の吐き場にしたかった小宮や森田草平は、漱石が文芸欄を廃止したことに不満であった。調子に乗っては漱石を失望させたが、それでも小宮は自他共に認める「漱石に最も愛された弟子」であった。

漱石全集を40年作り続け、漱石研究には真摯に取り組み、自分に不都合な話題も何でも書き残し手紙も全公開する一方で、「神格化された漱石像」は後の漱石研究に大きな影響を与えた。

門下筆頭として扱われる（だれもが筆頭と認める寺田寅彦がやりたがらないから）。
「修善寺の大患」では自分の結婚式をほっぽり出して福岡から駆けつけた。
髪は天パではなくコテあてていました。
号は蓬里雨。

明治44年
（日本近代文学館提供）

撮影年不明
（東北大学附属図書館所蔵）

とりあえず コレ読んで!

『夏目漱石』『漱石の芸術』は読んでおくべきではありますが、まず『漱石襍記』『漱石 寅彦 三重吉』『知られざる漱石』『人のこと自分のこと』などがおすすめ。文庫『漱石先生と私たち』が出て読みやすくなりました。

『夏目漱石』は読むと愛という言葉で脳がいっぱいになります。

自分や友人たちが書く逸話も多い上に、「漱石神社の神主」と揶揄されるだけあって、小宮を煙たがってる人による嫌味まじりの逸話も多く、読む方としては面白いし人物が立体的に見えて楽しいですね!

鈴木三重吉《すずき・みえきち》

✣小説家／児童文学者　✣広島出身
✣第三高等学校→東京帝国大学文科大学英文学科

明治15年（1882）～昭和11年（1936）

漱石との年齢差［－15］

帝大休学中の三重吉は、漱石への熱烈な思いを手紙に書いた。その手紙は、友人・中川芳太郎を介して漱石の手に渡る。実に5m以上の長さで、後に夏目家に入った泥棒に尻を拭かれることになる手紙であった。

門下となった三重吉は、来客の多さに閉口する漱石に面会日を決めるよう提案。そうして木曜午後3時からが面会日となった。

子ども嫌いであったが、娘の誕生を機に児童文芸誌『赤い鳥』を創刊。

喜怒哀楽が激しく強気で繊細で我侭で酒乱で自己矛盾も多い男だが、友人を大事にし、また愛されていた。

三重吉は漱石に送った手紙は8～10間（14～18m）だったと後に書いている。盛りましたね。

洒落た写真を見て期待したが実物を見たらあてが外れた（要約）という鏡子の意見は大事にしたい。

広島訛り。

明治38年
（広島市立中央図書館所蔵）

大正6年
（広島市立中央図書館所蔵）

とりあえずコレ読んで！

『夏目先生の書簡』『創作と自己』などありますが、あまり漱石について書かない印象です。書いてもすべての物事は三重吉フィルターを通して美しくなります。やはりまずは小宮豊隆の『漱石 寅彦 三重吉』を。

森田草平によると「三重吉も小宮君も先生を自分のもののように思っていた」「占有して、他は寄せ付けない、他の寄り付くことを好まない」そして「後には、三重吉は兎も角として小宮君の如きはその点において大いに反省するようになった」そうで。三重吉は反省しないんですね。

森田草平

もりた・そうへい

明治14年
（1881）
〜
昭和24年
（1949）

漱石との年齢差
［−14］

明治44年
（日本近代文学館提供）

✣小説家／翻訳家　✣岐阜出身
✣第四高等学校（女性問題で退学処分）
↓第一高等学校↓東京帝国大学文科大学英文学科

自称「最も迷惑をかけた弟子」。

帝大での教え子で、『病葉《わくらば》』の批評を乞うたのを機に門下に。『病葉』を読んだ漱石に、妻子がいることと露文学への傾倒を見抜かれ驚き焦る。

平塚明《はる》（後のらいてう）と心中未遂事件を起こし世間を騒がし、社会的に葬られそうになった森田を漱石は家にひきとり、顛末を作品にするより生きる道はないとし『煤煙』を書けるよう、とりはからった。

漱石に師事したことは小説家森田にとっては不幸であったかも。漱石がまっとうにしようとしなければ、森田は牙を抜かれず人として破滅を迎えても小説家としての名は上がっていたかもしれない。

よく原稿を取りに行くので作家の知り合いは多い。
本名は米松。号は白楊だったが漱石に頼み「緑苹」とつけてもらう。……けど緑の字が嫌なので下の字を分解して草平に。
夏目家で謹慎中に外出して夏目家のツケで酒を飲んでくる男。

とりあえずコレ読んで！

「あんなに先生の近くにいた以上客観視は難しい」と、あえて「主観的な視点」で記したという『夏目漱石』『続・夏目漱石』があります。

しかし小宮豊隆からは『夏目漱石』なんてタイトルにしながら羊頭狗肉、と評されました。実際内容は漱石論というより「俺と先生のメモリー」で、その分漱石のみならず他の門下のことも多く書き残されており貴重な資料となっている。

私小説家らしく(?)自己正当化というか言い訳が強いので本ぶん投げたくなるけど読んでください。

野上豊一郎《のがみ・とよいちろう》

✣英文学者／能楽研究家　✣大分（臼杵）出身
✣第一高等学校→東京帝国大学文科大学英文学科

明治16年
（1883）
〜
昭和25年
（1950）

漱石との年齢差
［−16］

一高・東京帝大での教え子で能楽研究を進めた法政大学総長。

一高でロンドンから帰朝したばかりの漱石の授業を受けていた野上が夏目家を訪れるようになったのは、帝大に進学した明治38年頃。翌年には妻・弥生子と結婚。周りには妹であると紹介し妻であることを隠していたが、漱石は気がついていたという。

これといった問題も迷惑もかけていない、篤実な性格のせいか主要門下としての逸話は薄め。しかし実はあの場面にもいるしこの場面にもいる人。

当初は創作活動や翻訳などもしていたが、最終的には能楽研究者として名を残すこととなった。

明治44年
（日本近代文学館提供）

一高時代
寺田寅彦と同じ下宿だった。
法政騒動で理事・学監・予科長だった野上の排斥運動の中心にたった人物は、自ら招聘した森田草平であった。
自分を教授として呼んでくれた同門の友人の排斥運動をする森田……森田……。
号は臼川。

とりあえずコレ読んで!

『『虞美人草』の頃』『大学講師時代の夏目先生』などは一高・帝大講師時代の漱石を知る上でぜひ読んでほしいところ。

漱石存命の頃から評論なども含め漱石のことを書いた文章は結構多いものの、一冊にまとまっていたりはしないようです。

野上宛の漱石書簡は当時の心の内や決意などをよく書いている印象があります。

談話や座談会を読むと、よく人に話を振ったりフォローしたり訂正したりして……お疲れ様です。

野上弥生子

のがみ・やえこ

明治18年（1885）〜昭和60年（1985）

漱石との年齢差
［−18］

✣小説家　✣大分（臼杵）出身
✣明治女学校高等科

99歳で亡くなるまで現役作家であった弥生子は夫・豊一郎を通じ漱石の指導を受けた門下である。

夫は木曜会から帰ってくると熱心に今日の出来事を話したので、木曜会に参加せずして木曜会の大抵の話題を知っていたという。そんな弥生子の作品を漱石は『ホトトギス』に推薦し文壇デビューをはたす。

漱石に垣間見える偏執・狂気の影を感じ取り「先生に潜む黒いデイモン」と評し、夫の友人として付き合う門下の人々もその怜悧な観察眼で見つめていった。

幼い長男を漱石に会わせようと食事会を計画したり子供の教育には熱心……というか教養主義ゆえの教育ママの一面も。

撮影年不明
（（一社）臼杵市観光協会提供）

旧姓は小手川
本名はヤヱ。
生家は今も
フンドーキン醤油
として続いている。

とりあえずコレ読んで！

『夏目先生の思い出──修善寺にて』『思い出二つ』『夏目漱石』など。作品数も多く、長生きした分ほかの作家への回想を求められることも多く、計57冊ある全集から目的の話を探し出すのは一苦労。図書館でもだいたい閉架で大変だった記憶……。最近はオンラインでの目次検索もできたりしてありがたいことです。

鏡子や門下など多くの人を躊躇なく切る日記だけで20巻ちかくあるので、日記を抜粋した本に手をつける方がオススメです。弥生子はすごくて強くて怖いです。

安倍能成《あべ・よししげ》

✣哲学者／教育家／政治家　✣愛媛（松山）出身
✣第一高等学校→東京帝国大学文科大学哲学科

明治16年（1883）〜昭和41年（1966）

漱石との年齢差
［−16］

一高で漱石の授業を受けていたが漱石を訪れたのは明治40年のことである。謡に興味のあった安倍を野上豊一郎は謡を習い始めた漱石のもとへ連れて行き、それを機に通うようになった。「私は先生の謡は嫌いです」「僕も君の謡は嫌いだよ」との応酬も。小宮豊隆のように心酔せず、阿部次郎のように距離を置くことはせず、遠慮のない距離での交遊であった。

「修善寺の大患」では「アンバイヨクナル」と読める安倍が真っ先に駆けつけたため迷信深い鏡子を喜ばせた。

戦後の混乱期に文部大臣に就任し、一高校長、学習院院長なども務めたが、大臣でいるのは嫌でしょうがなかったようだ。

明治44年
（日本近代文学館提供）

小学校のとき松山中学に来た漱石を見たらしい。
中勘助・野上豊一郎・小宮とは一高からの同期。阿部次郎と岩波茂雄は１年上。
鉄道唱歌が全部歌える。
妻は友人であった藤村操の妹。
安倍能成と阿部次郎は同じ「あべ」だが字が違うので注意。

とりあえずコレ読んで！

『ケーベル先生と夏目先生その他』『夏目先生の追憶』『漱石先生二題』などがあります。

安倍の書いたものはなかなか探しづらいかもしれないですが、漱石のみならずいろんな人のことを書いているので探して読んでほしいです。

「兎に角先生が寺田さんを敬愛して居られたと共に、寺田さんの方では又夏目先生が好きでたまらなかったらしい」と書く『寺田さん』もぜひ。

諍いがあると仲裁役に回っているエピソードが多いイメージがあります。

阿部次郎

あべ・じろう

明治16年
(1883)
〜
昭和34年
(1959)

漱石との年齢差
[−16]

✣哲学者／美学者／評論家　✣山形出身
✣第一高等学校↓東京帝国大学文科大学哲学科

明治42年、安倍能成の紹介で漱石を訪れ、以後朝日文芸欄に批評などを書くようになった。

木曜会に来て気焔を吐くこともせず、一定の距離を保ち、同年代の門下とは違う立ち位置であり「年少の友」に過ぎなかったと次郎は言う。

漱石は「今の若いもので思想《ゲダンケ》を取り扱う資格がある者は次郎くらいのものだ」と称した。

「その実自分はどんな意味でも先生の門下生ではない、先生も自分を門下生とは思っていられなかったであろう」と言う次郎だが、生涯漱石を敬い、漱石忌には仙台の自宅で漱石の書画を掲げ、酒を酌み、句などを読んでいたという。

一高でも帝大でも漱石に教わったことはない。
斎藤茂吉と仲良し。
小宮と友達というだけで一緒につるんで遊んでいると漱石に思われていたのはちょっと不満らしい。
山形中学時代、友人と校長排斥運動を企て放校に。
写真嫌いだが教え子の土門拳だけには撮影を許可していた。

明治44年
（日本近代文学館提供）

とりあえずコレ読んで！

『夏目先生のこと』『夏目先生の談話』などあるが、積極的に書き残してはいないようです。

大正昭和の学生の青春のバイブル『三太郎の日記』は当時の学生を知る上で読みたい本ではありますが、私は「ん?? よくわからん……」となりました……。『合本 三太郎の日記』には『夏目先生のこと』も収録されています。

漱石は『三太郎の日記』を「ああいうものにしちゃ文章が上手すぎる」と言っている。アイデアで読ませるべきなのにレトリックで読ませているのがなぁ……ということらしいです。

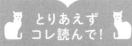

中勘助

なか・かんすけ

✣小説家／詩人／随筆家　✣東京出身
✣第一高等学校→東京帝国大学文科大学英文学科→国文学科に転科

明治18年
（1885）
～
昭和40年
（1965）

漱石との年齢差
［−18］

詩を書くより詩を生きることを望んだ孤高の詩人。

一高・東京帝大時代の教え子であったが、卒業し数年経った大正元年に漱石へ『銀の匙』を送ったのを機に門下となる。漱石は『銀の匙』を高く評価し東京朝日新聞に推薦した。

人嫌いのため木曜会以外に来ることを許されていた。

人の心の中を鋭く見抜く漱石ではあるが、中という人間は芯のところで理解の及ばない漱石の範疇外の人物だったようだ。中もそれを理解した上で「唯《ただ》先生は人間嫌いな私にとって最も好きな部類に属する人間の一人だった」と書き残している。

“先生の作品”には反感や嫌悪感をもつ。でも“先生”は好き。
門下の中で一番ハンサムだと思う。
人妻に惚れられても靡かず。友人の娘に愛を注ぐ。

一高時代
（静岡市所蔵）

大正13～昭和7年頃
（静岡市所蔵）

とりあえずコレ読んで!

冴えた美しい文章で夏目先生萌えを語る『夏目先生と私』は必読。すごい。すっごいです。

どの門下も漱石を偲んだ回想文には夏目先生を好きな気持ちが溢れてはいるけれど「先生が可愛かった」を繰り返し書くのは中だけ……！　初めて読んだときは我が目を疑いました。思っていても普通書ける？　もっと表現選ばない？　選んでこれなの？　さすが中勘助……。

当時の学生生活が垣間見えたり漱石についての描写とか貴重ですし……あの、えっと、とにかく読んでください!

内田百閒《うちだ・ひゃっけん》

✣小説家／随筆家　✣岡山出身
✣第六高等学校↓東京帝国大学文科大学独文学科

明治22年
（1889）
〜
昭和46年
（1971）

漱石との年齢差
［−22］

漱石のユーモアを受け継いだ唯一の弟子と評される百閒は、明治44年に入院中の漱石を見舞い門下となった。

岡山中学時代に漱石作品に触れ漱石崇拝者となっていた百閒のエピソードは、弟子というよりおっかけをする熱狂的漱石ファン。

漱石からいろいろな物を貰い、家には表装した漱石の書画がずらり。それらは漱石が家に来た際に知れることとなり、抵抗虚しく新しい物をやるからと破られてしまった。

借金にまつわる逸話も多く、鏡子には百閒は借金をもじったのかと皮肉られた。

鉄道、琴、郷土、猫、小鳥……と己の愛するものに関する著作も多い。

若い頃から阿房の鳥飼。
日本芸術院会員推薦に対する断りは「イヤダカライヤダ」。
本名は栄造。号は故郷の百間川から。「百閒」としたのは第二次大戦後。それまでは「百間」の方が正しかったり。別号は百鬼園。
乗り鉄。
漱石著作の校正を担当。

東京帝大の頃
（岡山県郷土文化財団所蔵）

昭和32年
（小石清撮影。岡山県郷土文化財団所蔵）

とりあえずコレ読んで！

『私の「漱石」と「龍之介」』という文庫にだいたいまとまっています。先生に手乗り文鳥を見せに行った思い出も。

漱石と百閒の面白エピソードはだいたい百閒自身が書いているし、百閒が書くからだいたい面白いです。面白いせいか百閒が貰った反古の原稿用紙に漱石の鼻毛が植わっているエピソードばかりが一人歩きしている感。

自分が好きじゃないことを先生がしているのは、ちょっと嫌だというタイプ。

森田草平を書いた『実説艸平記』も。

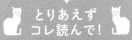

和辻哲郎

わつじ・てつろう

明治22年（1889）〜昭和35年（1960）

漱石との年齢差［－22］

✣哲学者／文化史家／倫理学者　✣兵庫出身
✣第一高等学校→東京帝国大学文科大学哲学科→大学院

一高に入学したものの漱石に傾倒しすぎ廊下で見ても声も掛けられず、別クラスだったため授業もなく……自分のクラスが休講の時に漱石の授業を窓の下でうっとり聞いていたという。

しかし和辻が入学してから一年で漱石は作家に専念すべく一高を退職。会いに行く勇気もないまま人づてに漱石の話を聞いていたが、大学院生の頃自著『ニイチェ研究』を出版した際に熱烈な手紙を投函したその日、偶然にも帝国劇場で漱石を紹介され初めて言葉を交わす。

第二次『新思潮』の同人であり、メンバーには谷崎潤一郎、芦田均なども。ちなみに和辻たちの時代の一高校長は新渡戸稲造である。

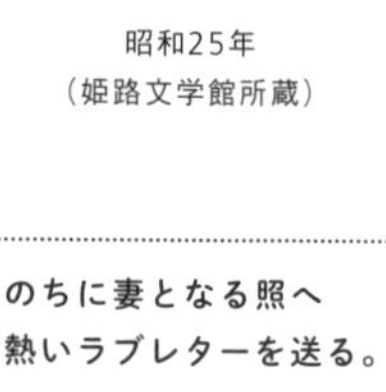

昭和25年（姫路文学館所蔵）

漱石の長男純一氏によると小宮や和辻は「なんでも親父を善くしちゃう」勢。
和辻の妻をめぐる問題で阿部次郎との絶交事件も。
のちに妻となる照へ熱いラブレターを送る。

とりあえずコレ読んで!

熱烈な手紙を受け取った漱石の和辻宛て書簡（大正2年10月5日）は「和辻はいったいどんな手紙を送ったのか……」と気になりすぎる内容なのでぜひ。

敬愛が過ぎて「自分の理想の漱石に照らし合わせた漱石像」のきらいはありますが、『夏目先生の追憶』の漱石という人についての説明は首がもげる勢いで「そう! それ! わかる!」となりました。これが漱石の死後間もなくに書かれた文章だなんて。和辻すごい……。

他にも『漱石の人物』など、いろいろあります。

久米正雄

くめ・まさお

✣小説家／劇作家／俳人　✣長野（上田）出身
✣第一高等学校→東京帝国大学文科大学英文学科

明治24年
（1891）
〜
昭和27年
（1952）

漱石との年齢差
［−24］

芥川と同じく大正4年冬頃、旧友・林原（岡田）耕三の紹介で木曜会に参加。漱石没後、のちに『破船』事件と呼ばれる騒動が起こる。

久米は漱石の長女・筆子に恋をし、先走って自らと筆子の婚約を匂わす話を発表。それが鏡子の怒りを買い夏目家出入り禁止に。そして筆子は久米の友人である松岡譲と結婚することに。久米にしてみれば己はお嬢さんに気持ちを弄ばれ、信じていた親友に婚約者を奪われた悲劇の主人公であった。

久米は『破船』を皮切りにその顛末を繰り返し小説として書き、あの漱石の娘と門下同士のゴシップ要素もあいまって大人気を博した。

いろいろと同情はするが擁護はしづらい。
鎌倉ペンクラブ初代会長。
「漱石に読んでもらうことを第一として」作成した第四次『新思潮』のメンバーは芥川龍之介・久米正雄・松岡譲・菊池寛・成瀬正一の5人。
号は三汀。

大正5年
（日本近代文学館提供）

撮影年不明
（郡山市こおりやま文学の森資料館所蔵）

とりあえずコレ読んで!

漱石の死と周辺人物が詳細に書かれた『臨終記』（のちに『夏目先生の死（記録）』と改題）もオススメですが、なんといっても『風と月と』を読んでほしい! 私小説家ゆえドラマチック仕立てなところも目に付きますが、第四次『新思潮』を作るに至った友人たちとのこと、漱石晩年の木曜会のこと、先輩門下のことなどなどを知るにはこれが一番だと思います。

特筆したいのは……なんと! 木曜会に参加している是公と中勘助がいるのです! これだけでも他にはない貴重さです。

門下

芥川龍之介《あくたがわ・りゅうのすけ》

明治25年
（1892）
〜
昭和2年
（1927）

漱石との年齢差
［−25］

✣小説家　✣東京出身

✣第一高等学校→東京帝国大学文科大学英文学科

大正4年冬頃、旧友・林原（岡田）耕三の紹介で木曜会に参加。第四次『新思潮』に掲載した『鼻』を漱石に褒められ、芥川は文壇で注目の新進作家となった。

漱石を「人格的なマグネティズム」を放っていると評し、先生に褒められればそれで満足だと思いながら、作家としてその影響を受けることを恐れた。

妻宛ての遺書に、自分の死後の全集発行について「僕は夏目先生を愛するがゆえに先生と出版書肆を同じうせんことを希望す」と記した。生前岩波から出版したことはないものの、各出版社の配慮により、遺言通り岩波から発行された。

幼少の頃は新原姓。号は我鬼、澄江堂主人など。

「芥川は父鷗外と母漱石の私生児と言える」と言われているが、誰が言い出したのかは不明。

龍之「助」表記を嫌う。

大正5年
（日本近代文学館提供）

大正13年
（国立国会図書館蔵『芥川竜之介集』より）

とりあえずコレ読んで！

『葬儀記』『漱石山房の冬』『漱石先生の話』『夏目先生』『校正後に』などなど、思い出を語ったもの以外でも、語りかける相手として「先生」が登場することも。

芥川のことを書いた人は当然のように多いわけですが、同じく漱石門下である江口渙の『わが文学半生記』には、当時の門下のやりとりや漱石の葬儀での鷗外と芥川の邂逅、全盛期の芥川のことなどがぎゅっと詰まっていますので、ぜひ。

個人的には岡本かの子の『鶴は病みき』もぜひご一読願いたいです。

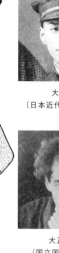

松岡 譲

まつおか・ゆずる

✣小説家　✣新潟（長岡）出身
✣第一高等学校→東京帝国大学文科大学哲学科

明治24年
（1891）
〜
昭和44年
（1969）

漱石との年齢差
［−24］

大正4年冬頃、久米に連れられて木曜会に参加。漱石から「越後の哲学者」と名付けられた。

『破船』は世間に、筆子は久米を弄んだ悪女で、松岡は親友の婚約者を奪った悪党とのイメージを植えつけたが、そもそも筆子は久米ではなく松岡に好意を寄せていたという。

筆子は、自分の結婚相手は「夏目家の男手」として望まれていた状況から、寺の長男である松岡は無理だと諦めていた。だが、松岡は生家の職業と父への嫌悪と反発から僧侶になるつもりもなく、また漱石没後子供達の家庭教師として、鏡子の相談相手としての信頼も得ていたため、二人は無事結婚することができた。

大正5年
（日本近代文学館提供）

本名は善譲。のちに筆名であった譲に改名。

休みの日に登校したり煙草屋で「切符一枚」と言ったりするちょっと天然なとこがある。

のちに松岡側から見た『破船』事件として『憂鬱な愛人』を発表。

休学や落第のため一高では同学年だった芥川や久米より2年遅れて大学へ。

とりあえずコレ読んで！

松岡といえば鏡子の語りを記した『漱石の思い出』が一番有名ですが、他にも『漱石先生』や『漱石の印税帖』などがあります。漱石が語った則天去私や死についてなど門下としての経験に加え、娘婿であった松岡だから書き残せたことなどがまとまっています。

話を盛っている感がなく、面白いエピソードも多いのでぜひ読んでください！

松岡が編集した『漱石写真帖』という本があるのですが、ぜひ復刻を……いや、今の技術で漱石の写真を網羅した写真集を作ってほしいです！

森鷗外

もり・おうがい

✣小説家／陸軍軍医／翻訳家／評論家　✣島根（津和野）出身
✣東京医学校予科→東京大学医学部本科

文久2年（1862）～大正11年（1922）

漱石との年齢差
［＋5］

二大文豪と言えば漱石とこの人、森鷗外。

本業の軍医でも小説家としても頂点を極めたエリート中のエリート。若い頃は激しい文学論争を繰り返していたが、小倉左遷後は角が取れ落ち着いた。

女性問題もあれやこれやあるが、子供たちからは慕われている。

漱石と鷗外が初めて顔を合わせたのは明治29年子規の開いた句会でのこと。その後、直接顔を合わせたのは会合などで数回程度であった。

適度な距離を保ちながら互いに意識しつつ敬意を持った付き合いをしており、献本などのやりとりが残っている。

本名は林太郎。
漱石にとっては尊敬すべき年長者であった。
「修善寺の大患」では部下の軍医を見舞いに行かせている。
年齢をごまかして12歳で医学校に入学。

大正5年
（国立国会図書館蔵『鷗外森林太郎』より）

とりあえずコレ読んで！


直接的な交流がほぼなく、互いに対しての記述も少ないため、明治43年『新潮』の『夏目漱石論』で鷗外が記者の質問に答えているのは貴重です。記者の意地悪めな質問に対しサラリと大人の回答をしているので、貴重ですが面白みはあまりないです。

『漱石・子規往復書簡集』では小説家として名を成していた鷗外を褒める漱石と、批判する子規のやりとりも。日清戦争に軍医として従軍していた鷗外に、記者として従軍した子規が挨拶しに行く様子を思うと楽しいです。

岩波茂雄《いわなみ・しげお》

明治14年
(1881)
〜
昭和21年
(1946)

漱石との年齢差
[−14]

✣岩波書店創業者　✣長野出身
✣第一高等学校(2年続けて落第したため除名)
→東京帝国大学文科大学哲学科選科

大正2年古書店を開業した岩波は漱石に店の看板を書いてもらいたいと、一高からの友人・安倍能成を通じて依頼。それを機に木曜会へ出席し、運用資金の調達なども頼むようになる。翌年出版にも参入し『心』を刊行させてほしいと漱石に依頼、応じた漱石に「ではついでに、その出版費用も貸してください」と頼み驚かせた。

複数出版社から出版していた漱石の全集を岩波から出すことができたのは、漱石を尊敬する門下生として自分が出さねばならぬという熱意によるところが大きかった。……が当然水面下の手回しとかもあったようだ。

儲けより綺麗な本・立派な本を作りたい。
漱石の臨終で集まった際、急いでいたら便所に落ちた。

撮影年不明
(国立国会図書館蔵
『茂雄遺文抄』より)

とりあえずコレ読んで!

漱石と岩波のやりとりについてはやはり鏡子の『漱石の思い出』が詳しい。安倍が書いた『岩波茂雄伝』もあるが、漱石とのことは事実関係を記すに止めたといった印象です。

全集で読める岩波宛ての漱石書簡はほぼ業務連絡のみ。『岩波茂雄への手紙』(飯田泰三監修・岩波書店編集部編)で読める安倍や小宮宛ての手紙は喧嘩してキレたりしていて友達だな〜という感じで面白かったです。

私は28Pもあるという大正6年の漱石全集予約募集のパンフレットが見たいです……。

他

漱石と関係した人物は多くいますが、
関わりは深かったのにあまり記録もないために
注目されない人物もいれば、
逆にあの人とも接点が!? と驚くようなこともあります。
よく名前が出てきたり、覚えておくとオススメな人物を
簡単にまとめてみました。

✣学生時代の友人

米山保三郎

よねやま・やすさぶろう

留年した漱石と同級になり親しくなる。学識で子規を驚かせ、漱石に建築よりも文学の方が生命があると説く。数学と哲学に秀でた傑物であったが明治30年に若くして他界。『猫』の「天然居士は空間を研究し、論語を読み、焼芋を食い、鼻汁を垂らす人である」の、天然居士のモデルと言われている。

太田達人

おおた・たつと

予備門時代の友人で、漱石はよく太田の狭い下宿に泊まりにきたという。大正3年に上京した太田と再会した様子などを『硝子戸《ガラスど》の中《うち》』に書いている。太田の談話『予備門時代の漱石』には、当時の漱石のことがいろいろ書かれていて興味深い。

山川信次郎

やまかわ・しんじろう

留年した漱石と同級になり親しくなる。子規の友人でもあり、狩野亨吉を漱石に紹介したのは山川だという。山川が五高に赴任した当初は漱石宅に寄宿。一緒に行った小天《おあま》旅行は『草枕』の素材となり、阿蘇山に登ったことは『二百十日』の素材となった。親密な付き合いをしていたが後に不仲となる。

✣師

ラファエル・フォン・ケーベル

ドイツ系ロシア人で、帝大で哲学を教え上野の東京音楽学校でピアノを教える。漱石は大学院の学生として、来日してすぐのケーベルの美学の講義を受けており、漱石が敬愛した貴重な師であったことは『ケーベル先生』『ケーベル先生の告別』から読み取れる。漱石のほか安倍能成・阿部次郎・岩波茂雄・和辻哲郎などが教えを受けている。

✣教え子・門下

坂元雪鳥

さかもと・せっちょう

本名は白仁《しらに》三郎。五高時代の漱石の教え子で帝大在学中から朝日で文章を書いていたこともあり、漱石招聘の交渉役に指名された。「修善寺の大患」時の漱石に付き添い、その経緯を『修善寺日記』として書き残している。

野間真綱　のま・まつな

五高時代からの教え子で門下。最初期の門下であり、残っている書簡も多い。

野村伝四　のむら・でんし

東京帝大英文科の教え子で、森田草平と同級。多くの書簡が残っている。野間も野村もこれといった逸話に乏しく注目されにくいが、初期の門下としてよく夏目家を訪れ、漱石も面倒を見ており親交は深かった。

藤村 操　ふじむら・みさお

一高での漱石の教え子。安倍・中勘助・野上豊一郎と同級。「巌頭之感」と題する遺書を残し、華厳《けごん》の滝に身を投げる。藤村の授業態度が不真面目だと強く叱っていたこともあり、漱石は強いショックを受ける。哲学的な死ということで社会問題にもなったが、友人間では失恋の影があるのではと言われていた。

林原（岡田）耕三　はやしばら・こうぞう

漱石門下になったのは明治40年頃、まだ一高入学前であった。貧しく虚弱な林原（岡田）を漱石は非常に可愛がったが、鏡子の不興を買い距離ができる。また漱石作品の校正もしていたが全集編集の際には排斥されたという。著書に『漱石山房の人々』などがある。

真鍋嘉一郎　まなべ・かいちろう

松山中学時代の教え子で松根東洋城の同窓。医科に進み医学者となる。大正5年、再会した漱石から糖尿病の診察を依頼され、漱石が胃潰瘍で倒れた後も主治医となり、漱石の死を看取った。

✣書生

俣野義郎　またの・よしろう

五高時代、書生として漱石宅に住み込んでいた。『猫』の多々良三平という奇人は俣野がモデルであると噂が立ち、憤慨した俣野が漱石に取り消しを求め、多々良の出身地は変更された。鏡子によると、俣野は大変な横着者で腹も立てたが、横着の程度がはなはだしいため、ずいぶん笑わせられたという。その後、大連で漱石と再会、『満韓ところどころ』にも登場する。

土屋忠治　つちや・ただじ

五高生でもとは菅《すが》虎雄宅に下宿していたが、のちに俣野と共に漱石宅に書生として住み込む。俣野と違って真面目でしっかりした書生だったようだ。漱石は、東京帝大に進学したが貧しかった土屋を、鏡子の実家の書生にするなど面倒を見た。

のちに弁護士になる。

行徳二郎
ぎょうとく・じろう

五高時代の書生で、筆子を乳母車に乗せ犬の綱を引いて毎日散歩したという。その後大学入学で上京した際にも夏目家を訪れては書生のように奥向きの手伝いをして鏡子に重宝がられた。木曜会に参加する門下とは異なる存在である。

✣留学時代

池田菊苗
いけだ・きくなえ

留学中に漱石と同宿した化学者。漱石は池田との交流から『文学論』を構想、すこぶる立派な学者と評し、会って話をするよう寅彦に勧めている。帰国後、うま味成分グルタミン酸ナトリウムを発見し製造方法を発明。「味の素」として販売された。

✣朝日新聞関係

池辺三山
いけべ・さんざん

東京朝日新聞社の主筆。朝日入社の交渉の際に初めて会う。西郷隆盛を連想するような大きさであったといい、漱石が信を置く人物であった。弓削田《ゆげた》精一と対立して退社した際には、衝撃を受けた漱石も辞表を提出し、双方から慰留された。

鳥居素川
とりい・そせん

大阪朝日新聞社の主筆。『草枕』に傾倒していた鳥居が漱石招聘の発案者であったという。当然漱石を大阪に迎えるつもりであったが、東京朝日の幹部も漱石も東京に居て作品を書けばよいと思っていたため、鳥居の計画は実現しなかった。その件もあってか、東京大阪両方に同日掲載できるようにしたり、大阪のみに掲載する作品の注文に漱石は応えてゆくことになる。

✣文壇・芸術関係

土井晩翠
どい・ばんすい

本名は土井《つちい》林吉《りんきち》、のちに土井《どい》。帝大英文科で漱石の後輩であり交流があった。欧州への私費旅行の際、鏡子から荷物などを預かって漱石を訪ね、しばらく滞在、神経衰弱に陥る漱石を目撃する。その件に関してあらぬ疑いをかけられたりも。留学前に「荒城の月」を作詞、発表している。

小泉八雲
こいずみ・やくも

本名ラフカディオ・ハーン。漱石は帰国後に帝大英文学科の講師に就任するが、その前任であったのがハーン。知名度も人気も高く生徒の信も得ており、留任運動が盛んに行なわれるも最終的に辞任。就任した漱石は、ハーンの教え子たちに反発と戸惑いを持って迎えられた。漱石もハーンのことは高く評価していた。

二葉亭四迷《ふたばてい・しめい》

坂元雪鳥が漱石招聘の打診に行った際、夏目家の近くの家で朝日新聞幹部の渋川玄耳と弓削田精一が返事を待っていて、その家は二葉亭四迷の家であったという。二葉亭と漱石はご近所であり、銭湯でばったりなどもあったそうだが、親交を深める機会のないままベンガル湾上に客死した。

石川啄木《いしかわ・たくぼく》

朝日新聞社の校正係をしており、漱石の作品も校正。漱石作品を評価する記録が残っている。漱石を見舞い、本を借りたことも。また、啄木から窮状を聞いた森田草平は鏡子に依頼して金を融通している。

志賀直哉《しが・なおや》

学習院高等科の頃から漱石の愛読者であり、友人らにも読むよう積極的に勧めていた。東京帝大に進学してからは漱石の講義のみならず、他校での公演も聴きに行っていたようだ。後年漱石から依頼を受け、朝日に書く予定だった作品を書けなくなったと断った一件では、漱石は面食らうも同情も示し、志賀・朝日新聞の両者に対してフォローし、志賀はずっと感謝をしていたという。

武者小路実篤《むしゃこうじ・さねあつ》

学習院高等科の頃、志賀から勧められ自らも漱石の愛読者になる。漱石に『「それから」に就て』を掲載した『白樺』創刊号を送ると、丁寧な礼状が届き、躍り上がって喜んだという。その後ある事情から怒る武者小路に送った漱石の手紙は、武者小路に「夏目さんを日本で一番尊敬していた」と言わしめるに足るあたたかさがある。

泉鏡花《いずみ・きょうか》

明治42年、鏡花は金の工面のため漱石を訪れる。一度も面識はなかったが、漱石は朝日に紹介しその日のうちに仕事を得ることができた。漱石は鏡花の文章はあまり評価していないが、その才能は高く評価していた。

横山大観《よこやま・たいかん》

漱石とは会食をしたり絵と書を交換したりという交流をしているが、〝漱石先生に絵を送りたいです、お代なんかいりません、お返しに書を下さい〟の流れを見ると、ただの「すごい漱石ファン」なんだなという感がある。漱石は『文展と芸術』で大観を評価している。

生没年一覧表

年	出来事
1860	**慶応** ・大政奉還／王政復古の大号令(67) ・江戸城開城／戊辰戦争(68) **明治** ・東京奠都(69)
1870	・廃藩置県(71) ・新橋－横浜間鉄道開通／太陽暦採用(72) ・徴兵令／地租改正(73) ・民撰議院設立建白書(74) ・廃刀令(76) ・西南戦争(77)
1880	・明治十四年の政変(81) ・鹿鳴館開館(83) ・華族令(84) ・帝国大学令(86) ・大日本帝国憲法公布／東海道本線新橋－神戸間開通(89)
1890	・大津事件(91) ・日清戦争勃発(94) ・下関条約調印／三国干渉(95)
1900	・足尾銅山鉱毒事件－田中正造直訴(01) ・日英同盟(02) ・日露戦争勃発(04) ・日本海海戦／ポーツマス条約調印(05) ・南満州鉄道株式会社設立(06) ・伊藤博文暗殺(09)
1910	・大逆事件／韓国併合(10) ・明治天皇崩御／乃木夫妻殉死(12) **大正** ・第一次世界大戦勃発(14) ・ロシア革命(17) ・シベリア出兵／米騒動(18) ・パリ講和会議(19)
1920	・原敬暗殺(21) ・大正天皇崩御(26)

人物	生年	没年
夏目漱石	1867	1916
夏目鏡子	1877	
中村是公	1867	
正岡子規	1867	1902
高浜虚子	1874	
狩野亨吉	1865	
大塚保治	1868	
菅 虎雄	1864	
寺田寅彦	1878	
松根東洋城	1878	
小宮豊隆	1884	
鈴木三重吉	1882	
森田草平	1881	
野上豊一郎	1883	
野上弥生子	1885	
安倍能成	1883	
阿部次郎	1883	
中 勘助	1885	
内田百閒	1889	
和辻哲郎	1889	
久米正雄	1891	
芥川龍之介	1892	
松岡 譲	1891	
森 鷗外	1862	1922
岩波茂雄	1881	

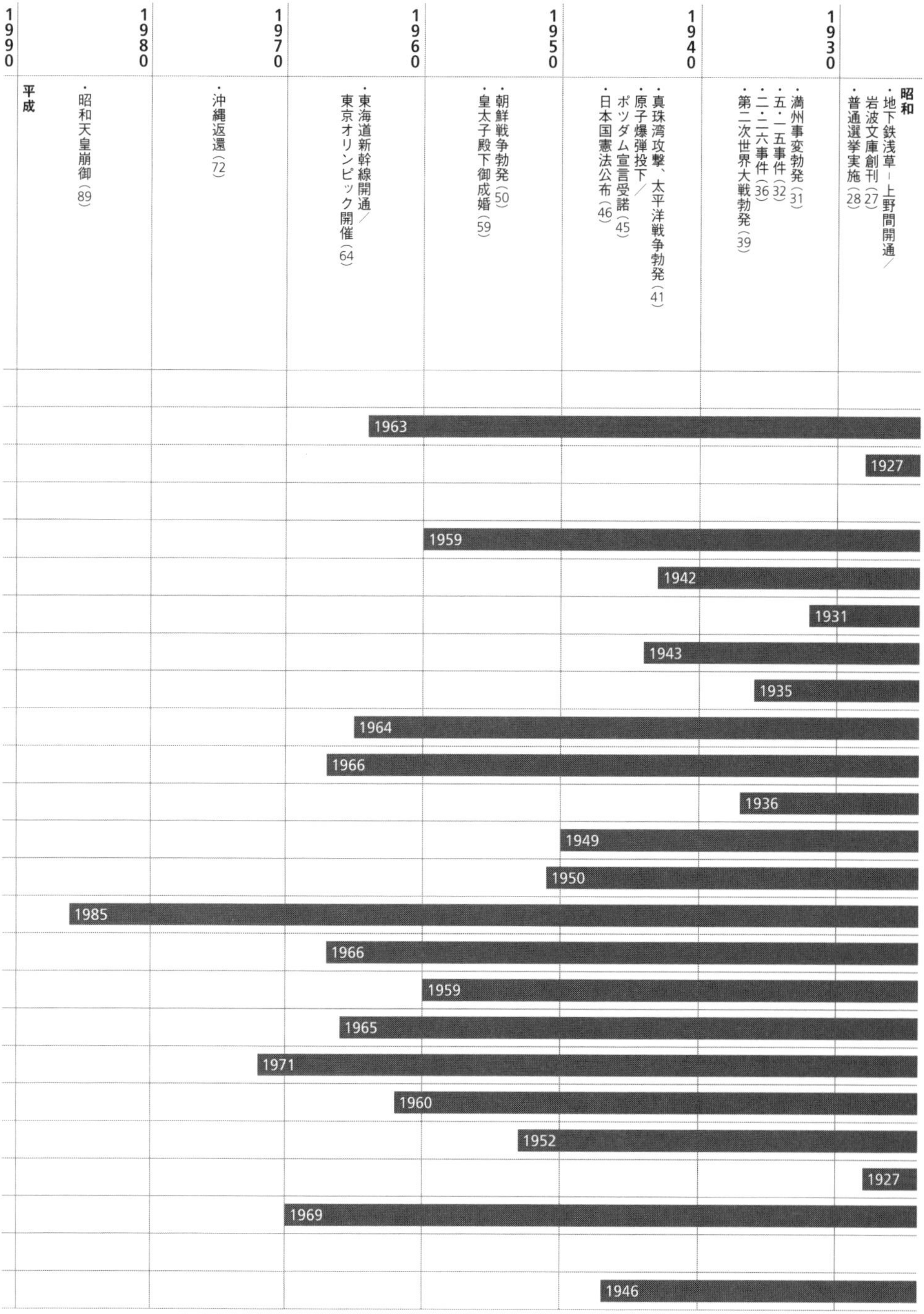

1930
1940
1950
1960
1970
1980
1990
昭和
・地下鉄浅草－上野間開通／岩波文庫創刊（27）
・普通選挙実施（28）
・満州事変勃発（31）
・五・一五事件（32）
・二・二六事件（36）
・第二次世界大戦勃発（39）
・真珠湾攻撃、太平洋戦争勃発（41）
・原子爆弾投下／ポツダム宣言受諾（45）
・日本国憲法公布（46）
・朝鮮戦争勃発（50）
・皇太子殿下御成婚（59）
・東海道新幹線開通／東京オリンピック開催（64）
・沖縄返還（72）
・昭和天皇崩御（89）
平成
1963
1927
1959
1942
1931
1943
1935
1964
1966
1936
1949
1950
1985
1966
1959
1965
1971
1960
1952
1927
1969
1946

漱石をめぐる人々をめぐる 記念館・文学館・ゆかりの地ガイド

【東北】

大館郷土博物館

大館の歴史・文化・自然に関する資料を所蔵・展示。大館出身である狩野亨吉の書簡などを所蔵し、先人顕彰コーナーではパネルで業績を紹介している。

秋田県大館市釈迦内字獅子ケ森1
☎0186・43・7133
💻有
👣ＪＲ大館駅からバスで「獅子ヶ森」下車、徒歩3分

東北大学附属図書館

→P43

こおりやま文学の森資料館

久米正雄、宮本百合子など郡山ゆかりの作家の作品や資料を所蔵・展示。敷地内には、作家たちの資料を展示する「郡山市文学資料館」と、久米の鎌倉での住居を移築復元した「郡山市久米正雄記念館」、久米の胸像や句碑がある。久米正雄記念館では、久米愛用のゴルフクラブ、グローブ、麻雀牌などを展示。

福島県郡山市豊田町3・5
☎024・991・7610
💻有
👣ＪＲ郡山駅からバスで「総合体育館」下車、徒歩1分
🎁久米の顔をあしらった一筆箋、久米関係の図録、ポストカードなど。通販可

【東京】

子規庵

正岡子規が27歳から終焉まで住んだ庵。昭和元年（１９２６）の解体・復元工事を経て、20年4月の空襲で焼失。25年再建。

東京都台東区根岸2・5・11
☎03・3876・8218
💻有
👣ＪＲ鶯谷駅から徒歩5分
🎁子規飴、子規画『仰臥漫録』による一筆箋、柿をデザインしたペーパーウェイト、糸瓜の一輪挿しなど。通販可

俳句文学館

主要俳誌をはじめ、芭蕉・蕪村・虚子等の近世・近現代の軸・色紙・短冊・句集を所蔵。昭和51年（１９７６）開館。句集は閲覧可。

東京都新宿区百人町3・28・10
☎03・3367・6621〜2
💻有
👣ＪＲ大久保駅から徒歩5分

旧中村是公邸（旧羽澤ガーデン）

東京・広尾に建っていた中村是公の旧宅。是公没後「羽澤ガーデン」として、料亭やレストランとして利用されていたが、平成23年（２０１１）解体。約３０００坪の敷地に、和風武家造りの母屋と離れ、緑豊かな庭園があり、将棋や囲碁の対局でも使われた。多くの人々が解体を惜しんだ。

国立国会図書館東京本館

日本最大の図書館。現在流通している出版物から、古典籍、貴重書まで広く所蔵。憲政資料室には、「中村是公関係文書」として、是公が娘・愛子とその夫・上原七之助に宛てた書簡等24点を所蔵（閲覧許可申請が必要）。また、デジタル化された資料のうち、一部はｗｅｂ上から見ることができる。

東京都千代田区永田町1・10・1
☎03・3581・2331
💻有
👣メトロ永田町駅から徒歩5〜8分

学習院

昭和21年（１９４６）から安倍能成が院長を務めた。学習院大学の正門門標は安倍の筆によるもの。学

習院創立百周年記念会館では「安倍能成先生像」（伊藤五百亀作）や安倍の書も見ることができる。学習院アーカイブズでは門標の原稿や写真など、学習院時代の安倍に関する資料を所蔵している。閲覧は要事前連絡。

東京都豊島区目白1・5・1
☎03・5992・1285（学習院アーカイブズ）
💻有
👣JR目白駅下車

野上記念法政大学能楽研究所

法政大学総長を務めた能楽研究者・野上豊一郎の功績を記念し、昭和27年（1952）創設。野上の自筆原稿、色紙、スケッチノート、能の稽古で使っていた下掛宝生流五番綴謡本、懐中時計などを所蔵。一部はHOSEIミュージアムのデジタルアーカイブで見ることができる。

東京都千代田区富士見2・17・1 法政大学市ヶ谷キャンパス ボアソナード・タワー23階
☎03・3264・9815
💻有
👣JR市ヶ谷駅から徒歩10分

田端文士村記念館

明治期から昭和にかけて東京田端に移り住み活躍した芸術家・文士――小杉放庵、板谷波山、芥川龍之介、室生犀星、萩原朔太郎らを紹介。作品、原稿、書簡等の資料を展示し、芥川が田端で暮らした家の詳細な復元模型もある。平成5年（1993）開館。

東京都北区田端6・1・2
☎03・5685・5171
💻有
👣JR田端駅から徒歩2分
🎁「芥川龍之介　田端の家復元模型」ポストカード、「芥川龍之介　河童図クリップ」など

（仮称）芥川龍之介記念館

芥川龍之介が大正3年（1914）から昭和2年（1927）に亡くなるまで居住した田端の旧居跡に、令和8年度（2026年度）開館予定。

東京都北区田端1・20・9
☎03・5390・0093（開館まで：北区地域振興部文化施策担当課）

建設イメージ（東京都北区提供）

文京区立森鷗外記念館

森鷗外の旧居「観潮楼」の跡地に、鷗外生誕150年の平成24年（2012）に開館。原稿、書簡、遺品などの鷗外資料を所蔵、展示するほか、文京区にゆかりのある文人も紹介。森鷗外遺跡として、東京都指定史跡を認定。令和5年度（2023年度）「千駄木の鷗外と漱石」展を開催。

東京都文京区千駄木1・23・4
☎03・3824・5511
💻有
👣メトロ千駄木駅から徒歩5分
🎁展覧会図録、一筆箋、鷗外Tシャツ、東京方眼図、森鷗外宛書簡集など

東京大学総合図書館

東京大学総合図書館では、森鷗外の旧蔵書約1万9000冊を「鷗外文庫」として所蔵している。このうち、鷗外自筆写本・書入れ本を中心に「鷗外文庫書入本画像データベース」として電子化・公開。来館利用は要事前連絡。

東京都文京区本郷7・3・1
💻有
👣メトロ本郷三丁目駅から徒歩10分

日本近代文学館 →P44

【関東甲信（東京以外）】

鎌倉虚子立子記念館

高浜虚子と娘・星野立子《たつこ》を顕彰する記念館。短冊や色紙、書画を展示。庭には句碑が建つ。平成13年

（2001）開館。水・木曜日開館。来館は要事前予約。
神奈川県鎌倉市二階堂231・1
☎0467・61・2688
有
JR鎌倉駅からバスで「鎌倉宮」下車、徒歩10分

鎌倉文学館→P45

藤沢市文書館

「葛巻文庫」として、芥川龍之介の手帳、小学校時代の回覧雑誌『日ノ出海』など、芥川自筆資料を含む芥川家関係資料を所蔵。閲覧は要申請。
神奈川県藤沢市朝日町12・6
☎0466・24・0171
有
JR藤沢駅から徒歩8分

市立小諸高濱虚子記念館

昭和19年（1944）から小諸に疎開した高濱虚子。小諸時代の作品・資料を所蔵・展示。平成12年（2000）開館。
長野県小諸市与良町2・3・24
☎0267・26・3010
有
JR・しなの鉄道小諸駅から徒歩15分

軽井沢高原文庫

軽井沢ゆかりの文人の資料を所蔵・展示。野上弥生子が北軽井沢大学村で1930～80年代まで夏を過ごした山荘の離れ「鬼女山房」が移築保存されている。
長野県北佐久郡軽井沢町長倉202・3
☎0267・45・1175
有
JR・しなの鉄道軽井沢駅からバスで「塩沢湖」下車

（軽井沢高原文庫提供）

信州風樹文庫

昭和22年（1947）以降岩波書店から出版された図書をほぼ所蔵する図書館。文庫名は岩波茂雄の座右の銘「風樹の嘆」に由来。2階に岩波茂雄記念室がある。
長野県諏訪市大字中洲3289・1
☎0266・58・1814
有
JR上諏訪駅からバスで「中洲小学校入口」下車、徒歩2分

山梨県立文学館

芥川龍之介、飯田蛇笏、樋口一葉など、山梨ゆかりの文人の資料などを所蔵・展示。芥川資料は、草稿、スケッチブック、芥川・久米正雄宛ての漱石書簡など、有数のコレクション。平成元年（1989）開館。
山梨県甲府市貢川1・5・35
☎055・235・8080
有
JR甲府駅からバスで「山梨県立美術館」下車
芥川の資料集、正岡子規の展覧会図録など。通販可

【東海】

中勘助文学記念館

中勘助が昭和18年（1943）から20年まで静養のために住んだ旧前田邸を整備し、杓子庵を復元して、中の没後30年目にあたる平成7年（1995）開館。
静岡県静岡市葵区新間1089・120
☎054・277・2970
有
JR静岡駅からバス（しずてつジャストライン藁科線）で「見性寺入口」下車

明治村→P47

森田草平記念館

森田草平の出身地に建つ記念館。文学碑および執筆碑、約10坪の草平庵があり、草平庵では著書、筆跡、遺品、書簡などを展示公開。来館は要事前予約。
岐阜県岐阜市鷺山387・1
☎058・232・2147
名鉄岐阜駅からバスで「白鷺町」下車、徒歩3分

【北陸】

長岡市郷土史料館

悠久山公園の高台にある、城を象った史料館。河井継之助、山本五十六ら、国内外で活躍した長岡の先人38人の業績を書簡、詩文、絵画、遺品、関係資料で紹介。天守閣3階に松岡譲のコーナーがある。悠久山公園には松岡の文学碑「法城を護る人々」も。

新潟県長岡市御山町80-24　悠久山公園内
☎0258-35-0185
🖥有
👣JR長岡駅からバスで「悠久山公園入口」下車、徒歩18分

【近畿】

虚子記念文学館

高浜虚子の生涯を紹介。書簡、軸、短冊から硯、筆、眼鏡、帽子、文机、ラッコの毛皮敷などの遺愛品まで幅広く所蔵、展示。常設展示、虚子と俳句関連の企画展示を観覧できる。

兵庫県芦屋市平田町8-22
☎0797-21-1036
🖥有
👣阪急・阪神・JR芦屋駅からバスで「テニスコート前」下車、徒歩10分

姫路文学館

姫路を中心に、播磨ゆかりの文学や学者・作家の資料18万点を所蔵・展示。北館には和辻哲郎の常設コーナーがある。平成3年(1991)開館。市内仁豊野には和辻の生誕碑がある。

兵庫県姫路市山野井町84
☎079-293-8228
🖥有
👣JR・山陽電鉄姫路駅からバスで「市之橋文学館前」下車、徒歩4分
🎁和辻関係の図録が充実。通販可

【中国】

広島市立中央図書館

「広島文学資料」として、鈴木三重吉をはじめ、広島ゆかりの21人の作家に関わる初版本・雑誌・肉筆原稿など3万3000点超を所蔵。自筆原稿、「赤い鳥」の原本や、愛蔵書など、三重吉関連資料は約4200点。館内の広島文学資料室で一部が展示されているほか、図書館サイトの「鈴木三重吉と「赤い鳥」の世界」コーナーも充実。図書館周辺には墓碑、「生誕の地碑」、記念碑がある。

広島県広島市中区基町3-1
☎082-222-5542
🖥有
👣JR広島駅からバスで「広島バスセンター」下車、徒歩5分

吉備路文学館

内田百閒、竹久夢二、正宗白鳥ら、近代文学で吉備路ゆかりの文学者の著書や原稿などを所蔵・展示。昭和61年(1986)開館。

岡山県岡山市北区南方3-5-35
☎086-223-7411
🖥有
👣JR岡山駅からバスで「南方交番前」下車、徒歩3分

岡山県庁分庁舎(旧三光荘)

内田百閒の遺族・弟子から岡山県郷土文化財団に遺品やゆかりの品々1000点が寄贈されており、1階ロビーの百閒コーナーで遺品や著作をパネル等で紹介。平日のみ閲覧可。古京町の生家跡近くには牛を乗せた句碑が、生家近くの旭川河畔沿いには文学碑がある。

岡山県岡山市中区古京町1-7-36
☎086-233-2505(岡山県郷土文化財団)
👣JR岡山駅からバスで「県庁前」下車、徒歩5分

森鷗外記念館

森鷗外の生家に隣接して平成7年(1995)開館。鷗外の直筆原稿、書簡、扁額、遺品を所蔵・展示。第一展示室では生涯をテーマに、第二展示室では鷗外と津和野をテーマに紹介する。津和野の永明寺《ようめいじ》には、鷗外の墓がある(分骨埋葬)。

島根県鹿足郡津和野町町田イ238
☎0856-72-3210
🖥有
👣JR津和野駅からバスで「鷗外旧居前」下車、徒歩2分

【四国】

子規堂

正岡子規が17歳まで暮らした家を、昭和21年(1946)復元した記念堂。正岡家の菩提寺・正宗寺《しょうじゅうじ》境内にある。子規の直筆原稿や遺墨、愛用の机などの遺品、勉強部屋、25歳の子規「旅だちの像」などを見ることができる。墓地には、正岡家の墓、子規の埋髪塔、高浜虚子の筆塚がある。

愛媛県松山市末広町16-3 正宗寺内

☎089-945-0400

(子規堂提供)

有

伊予鉄道松山市駅から徒歩5分

松山市立子規記念博物館

正岡子規の出身地に昭和56年(1981)開館。子規自筆選句稿、自筆歌稿、随筆原稿の一部など、約7万点の関係資料を所蔵・展示。漱石と一緒に暮らした「愚陀佛庵」の1階部分も復元・展示されている。正面入口の門扉と2階窓の飾り格子には『ホトトギス』の表紙デザインがあしらわれている。

愛媛県松山市道後公園1-30

☎089-931-5566

有

伊予鉄道道後温泉駅から徒歩5分

書籍『なじみ集 翻刻版』や、正岡子規「句めくり」カレンダーなど。通販可

松山市坂の上の雲ミュージアム

司馬遼太郎の小説『坂の上の雲』の主人公・秋山好古《よしふる》・真之《さねゆき》兄弟、正岡子規の3人の足跡や、明治という時代をテーマに展示。平成19年(2007)開館。

愛媛県松山市一番町3-20

☎089-915-2600

有

伊予鉄道大街道駅から徒歩2分

子規をあしらった陶製キャラクター、新聞連載当時の挿絵によるメモ帳や一筆箋など

愛媛人物博物館

近現代に活躍した偉人を中心に、愛媛ゆかりの人物190人の関係資料や遺品を所蔵・展示。漱石、正岡子規、高浜虚子、松根東洋城、安倍能成など。

愛媛県松山市上野町甲650 愛媛県生涯学習センター内

☎089-963-2111

有

伊予鉄道松山市駅からバスで「下原町」下車、徒歩15分

愛媛県立図書館

「伊予俳諧文庫」として俳諧古書や、正岡子規、高浜虚子ら愛媛県出身の俳人らの句軸・書簡・短冊、俳誌など、約2万1000点の俳諧関係資料を所蔵。うち「虚子文庫」として虚子の旧蔵書の一部約4000冊を所蔵。

愛媛県松山市堀之内

☎089-941-1441

有

JR松山駅から徒歩15分(令和6年11月から耐震工事のため休館予定)

一畳庵

松根東洋城は1年3カ月の間、物河内神社の社務所の一畳を借りて暮らした。現在、一畳庵として公開。東洋城使用の机などが見られる。境内には句碑もある。

愛媛県東温市河之内甲4885

☎089-966-2484(惣河内神社)

有

伊予鉄道横河原駅からバスで「金比羅前」下車

高知市寺田寅彦記念館

寺田寅彦が幼少時に過ごした家。戦災で焼失した茶室と母屋を、寺田家に残されていた設計図をもとに復元し、はなれの勉強部屋と共に、昭和59年(1984)記念館として公開。寅彦の遺品や家族写真などを展示。

高知県高知市小津町4-5

☎088-873-0564

有

JR高知駅から車で5分

高知県立文学館

古典から現代まで高知ゆかりの文学者の業績を紹介。2階の寺田寅彦記念室では原稿や書簡、絵画などを展示。

高知県高知市丸ノ内1・1・20
☎088・822・0231
有
JR高知駅から路面電車で「高知城前」下車、徒歩5分
寅彦画による一筆箋やポストカードなど。一部通販可

【九州】

梅林寺

外苑に平成25年(2013)、久留米出身の菅虎雄の顕彰碑と、漱石の句碑が建てられた。顕彰碑には菅の書「気如龍」、句碑には漱石が梅林寺で詠んだ句「碧巌を提唱す山《やま》内の夜ぞ長き」が刻まれている。2つの碑は、2人が手を取り合う様子をイメージした彫刻で結ばれている。

福岡県久留米市京町209
☎0942・32・2565
JR久留米駅から徒歩5分

(原武 哲 撮影・提供)

みやこ町歴史民俗博物館

みやこ町の歴史や文化、町出身の先人を紹介する博物館で、漱石作品『三四郎』のモデル・小宮豊隆もその一人。漱石の手紙や書画、恵存署名入り『三四郎』初版本など、980点の「小宮豊隆資料」を収蔵し、その一部が館内の小宮豊隆記念展示室で公開されている。近くの育徳館高校には文学碑と「三四郎の森」が、犀川久富には旧居跡と東犀川三四郎駅がある。

福岡県京都郡みやこ町豊津1122・13
☎0930・33・4666
有
JR行橋駅からバスで「豊津支所」下車、徒歩5分

森鷗外旧居(北九州市小倉北区鍛冶町)

森鷗外が旧陸軍第12師団軍医部長として小倉に勤務した際に住んだ家。通り土間に資料が展示されている。

福岡県北九州市小倉北区鍛冶町1・7・2
☎093・531・1604
JR小倉駅から徒歩10分

野上弥生子文学記念館

野上弥生子の生家(小手川酒造)の一部に昭和61年(1986)開館。原稿や愛用の品、漱石が弥生子に贈った着物や手紙など、遺品約200点を所蔵。少女時代の勉強部屋も見ることができる。臼杵には、晩年まで住んでいた成城の家も移築されている。弥生子と深いつながりのあったフンドーキン醤油の公式サイトには、弥生子の生涯を解説する特設ページがある。

大分県臼杵市浜町538
☎0972・63・4803
有
JR臼杵駅から徒歩15分
弥生子99歳を記念して作られた麦焼酎「白寿」(ラベルの文字は弥生子の直筆)。通販可

＊資料の閲覧・利用については各館にお問い合わせください。

コラム

漱石と女性

漱石の恋心？

漱石には女性不信・恐怖症な部分があり、それは病気のときはよりひどくなりました。

もちろん、基本的に女性は気になるし、好みの美人は好きだし自分がモテるかどうかも気になる。

でも女性とは口もきけない。意識のしすぎかカッコつけなのかわかりませんが、どうみても自分から踏み出すタイプではありませんでした。

少女と婆さんには優しかったというのは、それって少女と婆さんは「女」じゃないからですよね先生？　と思わざるを得ません。

さて、そんな漱石は妻以外との女性関係が明確にあったとわかるようなものを書き残していません。青春時代に好意を寄せた女性はいたらしい、夢に美しい女性を見る、その程度です。

まさか記録がないことで逆に出会った大半の女性に「淡い恋心を抱いていた」説が作られることになってしまうとは。身近に異性がいれば、それなりに健全な男子としては意識することもあるでしょうが、意識した＝「淡い恋心」とされてしまうという、ちょっと面白いことになっています。わぁ大変。

「恋」が研究者を惑わす？

そんなわけですから、研究者によって主張する「漱石の恋の相手」も異なります。主な相手として登場するのは大塚楠緒《くすお》子《こ》、嫂《あによめ》・登世《とせ》、養父の浮気相手の連れ子・れん……でしょうか。

正直漱石の女性問題になると、それまでしっかりしていた論調であっても、途端に行間読みまくりのこじつけや妄想多めのフリーダムな主張の展開が多く……というか、そうでもしないと女性の影を見出すことが困難だという証左なのでは……？　などと思ってしまいます。

「作家が創作で書いたものは実体験をもとにしているはずだ」と思う人も多いらしく、恋愛や三角関係がテーマの一つになっている漱石作品を読むと「これはこれは……」と深読みしてしまうのかもしれません。

漱石をモチーフにした創作などでは、明確なものが何も残っていない分、あからさまな肉体関係を伴う生々しさがないところが、使い勝手がよいのかもしれません。

出典不明のまま近年まことしやかに広まり、長年の漱石ファンには漱石らしくないと評判の「漱石はアイラブユーを『月が綺麗ですね』と訳した」という話を見るたびに、こんなセリフを言える漱石だったら女の一人や二人口説けただろうに……と思うのでした。

Ⅳ

作品・文献ガイド

漱石作品……タイトルは有名だけど
読んだことがない、私もずっとそうでした。
有名な漱石作品や、美しい初版本の装幀、
漱石をもっと知るための文献をご紹介します。

吾輩は猫である

漱石が高浜虚子の勧めを受けて最初に書いた長篇小説。明治38年（1905）〜39年、雑誌『ホトトギス』に連載された。英語教師・珍《ちん》野《の》苦《く》沙《しゃ》弥《み》に飼われた猫（吾輩）の目から、人間たちの生態を面白おかしく、かつ風刺的に描いた作品。当時からパロディ作品が多数作られ、内田百閒は『贋作吾輩は猫である』を書き、中学生の芥川龍之介は「我輩も犬である」から始まるパロディエッセイを書いている。「吾輩は猫である。名前はまだない」という冒頭の一文は有名な一方で結構な長篇作品なこともあり、全篇を読んだことはない人も多い。

連載1回目分は虚子が冗長な部分を削ったというが、2回目分からは添削を受けることなく興の赴くままに筆を駆ったという。

寒月君＝寅彦と言われるのが嫌な寺田寅彦
モデルとかいうの本当にやめてください
まぁまぁ寒月君
にや
にや

坊っちゃん

明治39年（1906）発表の中篇小説。「親譲りの無鉄砲で小供の時から損ばかりしている」という書き出しで始まる。東京から四国・松山に赴任した中学教師、江戸っ子・坊っちゃんが東京に戻るまでを描いた作品。教頭赤シャツ、野だいこ、山嵐、うらなり、狸、マドンナ、清など、多彩なキャラクターが登場。痛快小説として人気が高い一方で、学生・社会人など己の社会的立ち位置によって感銘を受ける部分が異なり、繰り返し読まれる作品でもある。

絵面や男女のバランスから坊っちゃんとマドンナがセットで扱われるのをよく目にするので、二人が付き合っていると思っている未読の人も多いのではないかといつも気になっている。

漱石作品中でも人気があり、数多く映画化・ドラマ化・舞台化されている。

○坊っちゃん
×坊ちゃん
○吾輩は〜
×我輩は〜
こう
ですよー

草枕

明治39年（1906）発表の「山路《やまみち》を登りながら、こう考えた。智に働けば角《かど》が立つ。情に棹させば流される。意地を通せば窮屈だ。とかくに人の世は住みにくい」という書き出しから始まる中篇小説。俗世を離れて芸術に生きようと「非人情」を求め熊本の温泉を訪れた画工は、美しい女性・那美に出会い……というこの作品は、小説になりそうもない題材を選び、ただ唯一美しい感じが残りさえすればいい、プロットもなければ事件の発展もない、俳句的小説は成立するかという実験でもあった。当時の漱石の芸術観と人生観の一部を表したものではあるが、後の漱石は「草枕の文章は辟易して読めなかった」という。

明治30年11月頃、友人の山川信次郎らと旅した小天《おあま》温泉が舞台になっている。

過去の作品を
読み返してみたという話
その1
あの文章…
読んでいくうちに
背中の真ん中が
変になってきて
ものの5枚とは
読めなかったね

虞美人草《ぐびじんそう》

明治40年（1907）、漱石が教職を辞め東京朝日新聞社に入社して最初に連載した長篇小説。秀才の小野、プライドの高い美女・藤尾、小野の婚約者でもの静かな小夜子、藤尾の婚約者・宗近らの恋愛模様を美文調で描く。

すでに人気作家であった漱石の新連載とのことで予告から大いに話題となり、意気込んで始めた連載は人気も上々、三越から虞美人草浴衣、玉宝堂（貴金属販売店）から虞美人草指輪が売り出され虞美人草ブームが起こった。

作者である漱石は藤尾のような女は好きではなかったが、紫の女・藤尾は漱石が描いた女性の中でも強烈に鮮やかな存在感を放っている。

過去の作品を
読み返してみたという話
その2
虞美人草は
まだ読み返して
いないが
あれも駄目だろう
ニガ
ゴテゴテした
文章が
嫌になってる
ニガ

夢十夜

明治41年（1908）発表。「第一夜」から「第十夜」まで、10篇の夢の話が綴られる連作。第一夜〜第三夜、第五夜は「こんな夢を見た」に始まる。「百年、私《わたくし》の墓の傍に坐って待っていて下さい。きっと逢いに来ますから」という女のセリフが印象深い「第一夜」、盲目の子をおぶって歩く「第三夜」は怪談として取り上げられることも多い。美しいような、恐ろしいような、不安なようなこの作品は、漱石の持つ原罪的な罪悪感が現れているともいわれ、一夜一夜に多くの解釈がなされている。

読書は好きだけど、なんとなく漱石作品は合わなそうと手を出さずにいた人は『夢十夜』を手に取ってみてほしい。

十話それぞれ異なる監督によるオムニバス『ユメ十夜』として映画化。近藤ようこにより漫画化もされた。

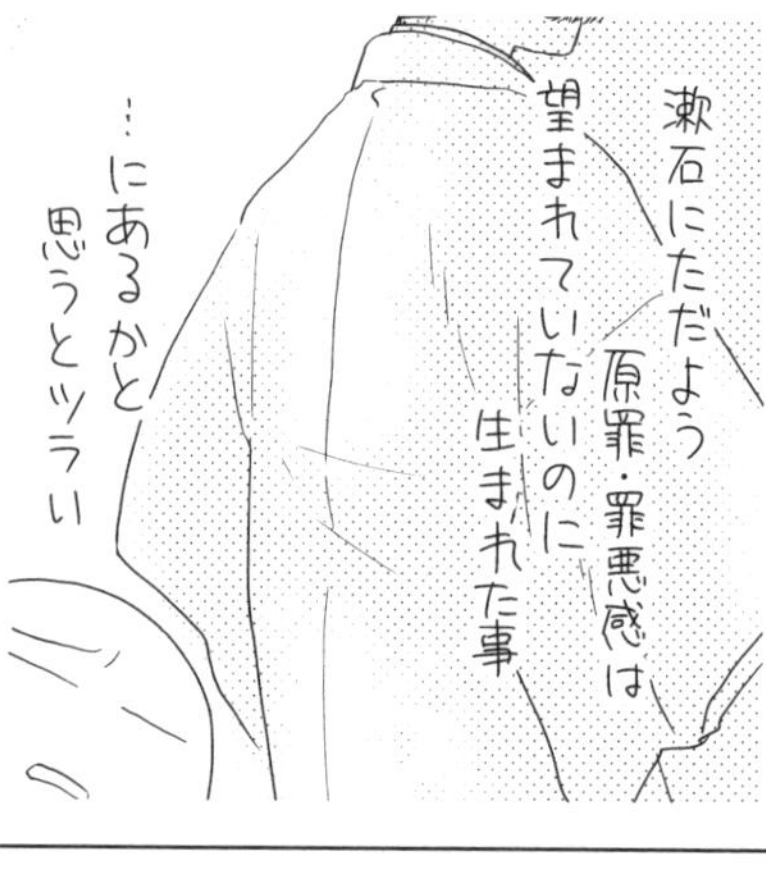
漱石にただよう
原罪・罪悪感は
望まれていないのに
生まれた事
…にあるかと
思うとツラい

三四郎

明治41年（1908）に発表された長篇小説。『それから』『門』へと続く前期三部作の一つ。熊本から上京して東京帝国大学に進学した小川三四郎と、都会的な女性・里見美禰子《みねこ》や英語教師・広田先生、友人・与次郎や先輩・野々宮さんら様々な人物との交流が描かれる。美禰子が口にする「ストレイ・シープ」が印象的に残る。漱石が「無意識なる偽善家《アンコンシアス・ヒポクリット》」として書いた美禰子は、初心《うぶ》な大学生を翻弄し、新しい女といわれながらも、結婚という制度から逃れられない女であった。

作品の舞台にもなる東京大学の池は、本作にちなんで「三四郎池」と名付けられた。

人物造形のベースモデルが三四郎→小宮豊隆、与次郎→鈴木三重吉、野々宮さん→寺田寅彦だろうといわれており、確かに与次郎がものすごく三重吉です。

悪い気は
しないなぁ
ま！
じゃろうな！
やめて
くださいって
言ってるのに

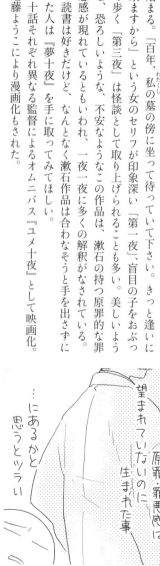

それから

明治42年（1909）発表の長篇小説。働かずに暮らしている上流階級、いわゆる高等遊民の主人公・長井代助。友人平岡の妻・三千代との再会を機に代助の運命は大きく流れていく。『三四郎』『門』と合わせて前期三部作と言われている。これまでの漱石には珍しく確固たるプロットがある作品で、予告の時点で「此《この》主人公は最後に、妙な運命に陥る」とラストを明言していた。

「漂泊でも好いわ。死ねと仰《おっ》しゃれば死ぬわ」と覚悟が決まっている女の台詞に、覚悟など決まっていなかった男がぞっとし、視界が真っ赤に渦巻く中で「代助は自分の頭が焼け尽きるまで電車に乗って行こうと決心した」と追い詰められ切羽詰まっていく様が好きです。

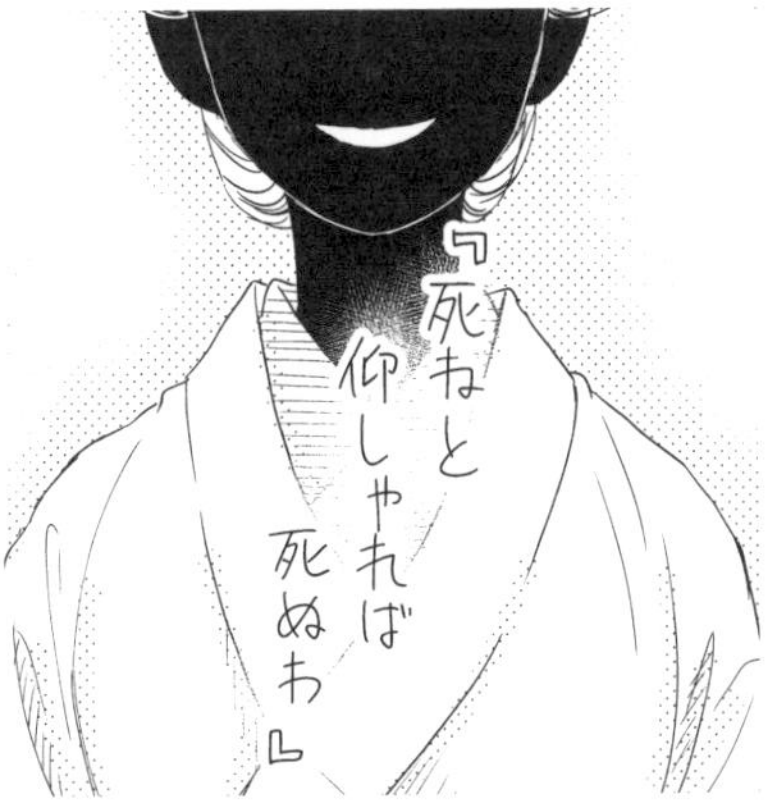

『死ねと仰しゃれば死ぬわ』

門

明治43年（1910）発表の中篇小説。『三四郎』『それから』に続く、前期三部作最後の作品。親友・安井を裏切り、彼の妻・御米《およね》を自分の伴侶としたことで、罪悪感にとらわれ続け、ひっそりと暮らす主人公・野中宗助。苦悩し救いを求めて禅寺の門をくぐる……。

朝日新聞社から予告のために題が必要だとせっつかれた漱石は、門下の森田草平になんでもいいから決めて社に報告しろという。困った森田は小宮と相談し机上にあった本を開いて目に付いた小説になりそうな言葉を社に報告し、漱石の新作タイトルは『門』に決まった。

胃痛に悩みながら執筆した漱石は、執筆終了後間も無く胃潰瘍で入院、その後「修善寺の大患」を経て作風も変化していく。

俺がこれから書く小説の名前は『門』か
一般読者と同じく紙上で知る作者

こころ（心）

大正3年（1914）発表の長篇小説。『朝日新聞』連載時のタイトルは『心』。「先生と私」「両親と私」「先生と遺書」の三部から構成される。大学生の「私」が「先生」に出会って心惹かれるも、先生は自殺。その遺書から、親友を裏切った先生の過去が明らかになってゆく。

「先生」は「私」に「あなたはそのたった一人になれますか」と問う。「先生」は「漱石」ではない。だが漱石が、増長する一部の弟子の姿に失望を感じた背景を照らすと、「かつてはその人の膝の前に跪《ひざまず》いたという記憶が、今度はその人の頭の上に足を載せさせようとするのです」の一文が重く響いてくる。

多くの人のファースト漱石作品らしいが、正直『こころ』を読んで途中で挫折する人がいるのはしょうがないと思う。

「私」が受け取った先生の遺書が長くて手紙にしたらすごい量になるのでは？というツッコミはもはや定番ネタですね
そういうのは考えてない

道草

大正4年（1915）発表の長篇小説。洋行から帰ってきた健三のもとに、養父・島田が金銭の無心にやってきて……。

この『道草』は漱石にとって初めての自伝的小説である。ロンドンから帰国し帝大・一高で英語講師をしていた明治36年（1903）から『吾輩は猫である』を執筆していた38年頃を舞台に、42年に元養父・塩原昌之助からまとまった金を無心された出来事などがまとめられている。

塩原夫妻（昌之助はやすと離婚後、浮気相手の日根野かつと結婚）は『道草』を知り、昔の恩義を忘れて嘘ばかりと憤慨したという。

当時の漱石を知る資料としても読んでほしい。

「世の中に片付くなんてものは殆んどありゃしない
一遍起った事は何時までも続くのさ」

明暗

未完でありながら漱石最大の長篇小説。大正5年（1916）『朝日新聞』に連載されていたが、漱石の死により未完に終わった。主人公津田を中心に、「我執」にとらわれる様々な人々の関係と行動が描かれる。ちなみに冒頭は津田が痔の診察を受けるシーンから始まる。

漱石が最後の188回を書いたのは11月21日。死の床に就いた漱石は12月9日に亡くなるが、原稿はストックがあったため死後も連載を継続し、東京朝日には12月14日、大阪朝日には12月26日まで掲載された。

未完のため、後に水村美苗『続明暗』や永井愛『新・明暗』など、他の作家により完結篇が書かれている。

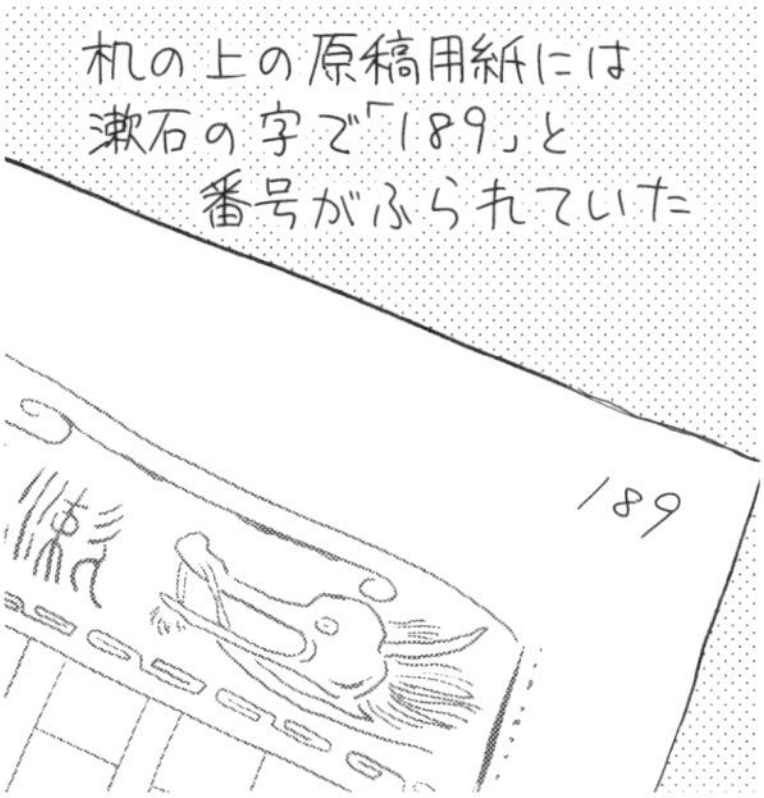
机の上の原稿用紙には
漱石の字で「189」と
番号がふられていた
189

満韓ところどころ

明治42年（1909）発表。同年9月〜10月中旬、満鉄総裁の友人・中村是公《よしこと》、橋本左五郎らと満洲・朝鮮をめぐった際の旅行記。大連、旅順、二百三高地、奉天などの街の様子、食事、交通機関やホテルの記録、腹痛の話などが描かれる。『満韓〜』という題でありながら、紙面をめぐる諸事情から韓国にたどり着く前に中断された。満洲についてより、満洲で出会った旧友との個人的な話題が多いことから『漱石ところどころ』と揶揄されるが、それは満洲宣伝の片棒を担ぎたくない漱石の工夫でもあったと思われる。

帰国後の10月26日、ハルビン駅で伊藤博文が暗殺された。満鉄総裁として居合わせた是公は負傷しなかったものの、銃弾はコートとズボンの裾を貫通していたという。

是公すごい
二次元か！

思い出す事など

明治43年（1910）、漱石は胃潰瘍治療のための入院後、伊豆の修善寺温泉に療養に出かけたが、容体は悪くなり、大吐血、一時人事不省に陥った（＝修善寺の大患）。同年から翌年にかけて、この頃のことを随筆として『朝日新聞』に連載した。33篇。

「30分の死」を経験した自分は生きているのに、その間にも知り合いなどが容赦なく亡くなっていく。漱石の作風が変わる分岐点となる作品でもある。

修善寺から東京に戻って10日、まだ入院中に執筆を開始したことに、東京朝日の主筆であった池辺三山《さんざん》はよい顔をしなかった。

余計なことはしなくていい!!
池辺
朝日に原稿が載ったほうがいいだろうに…

硝子戸《ガラスど》の中《うち》

大正4年（1915）発表。胃潰瘍再発後、自宅で療養し書斎の「硝子戸の中」にいる漱石が、自身の周囲のことを綴る随筆。自分のことを書いてほしいという女などの奇妙な来客から、泥棒、愛犬ヘクトーや猫、母や幼馴染のことなど幼少期の思い出まで、39篇。「九」「十」の友人「O」は太田達人《たつと》のこと。

「私は硝子戸を開け放って、静かな春の光に包まれながら、恍惚《うつとり》とこの稿を書き終るのである」

技巧を凝らすような嫌味さはなく、淡々としていながら温かく染み入る。もの悲しく寂しく穏やかで美しい作品。

「中」と書いて「うち」と読みます
まぁ先生自身が「なか」と読んだり
先生は本当に作品名も人物名もいいかげんで…!

俳句

作家として名が出る以前から俳人として評価されていた漱石。

子規の影響もあり、愚陀佛庵で共に暮らしたのを機に俳句に熱中。熊本でも郵便で子規の添削を受けながら多くの句を詠んだ。ロンドンでは俳句を詠む気分にもならず熱は落ち着いたようだが、帰国後も松根東洋城にせっつかれ句作したという。

約2600の句が残っている。

風ふけば糸瓜《へちま》をなぐるふくべ哉
叩かれて昼の蚊を吐く木魚哉
半鐘とならんで高き冬木哉
枕辺や星別れんとする晨《あした》
長けれど何の糸瓜とさがりけり
人に死し鶴に生れて冴返る
ふるひ寄せて白魚崩れん許《ばか》り
木瓜《ぼけ》咲くや漱石拙を守るべく
菫程な小さき人に生れたし

行く年や猫うづくまる膝の上
秋の川真白な石を拾ひけり
柊を幸多かれと飾りけり
朝顔の今や咲くらん空の色
別るるや夢一筋の天の川
逝く人に留まる人に来る雁
有る程の菊抛《な》げ入れよ棺の中
腸《はらわた》に春滴《したた》るや粥の味

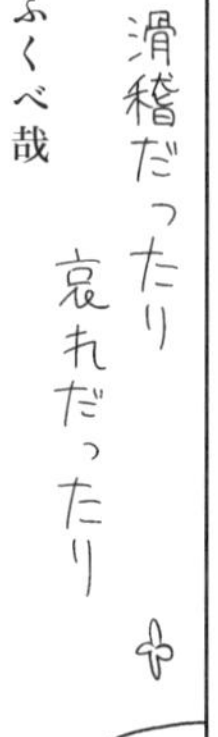
滑稽だったり
哀れだったり

書簡

手紙を書くのも貰うのも好きだった漱石は生涯に数多くの書簡をやり取りした。全集を作るにあたり、漱石から送られた書簡も漱石を知る資料であり作品であるとして集めたのが、小宮・森田。三重吉などはほかの人が出しやすくなるように、自分たちに不都合な内容でもすべての書簡を率先して提出したという。

全集や、子規や鏡子、門下宛などから158通を精選した『漱石書簡集』、子規との書簡のみを年代順に収録した『漱石・子規往復書簡集』(共に岩波文庫)で読むことができる。

お勧めの漱石作品として書簡をあげる人も多く、相手や時代によって変わる文体や内容などから、当人同士の関係性がかいま見えるのが書簡の楽しいところである。

御託はいい
読んでみようか

評論

漱石の評論は面白い。漱石がこれほどまでに読み継がれ、評価されてきた理由の一つがこの評論の存在ではないだろうか。当時の人に響き、百余年後の今に響き、おそらくまた百年後の人にも響くだろう。雑な表現をするならば「うわ、めっちゃいいこというじゃん」が詰まっている。

小説にくらべ短い作品が多く読みやすいので『イズムの功過』『学者と名誉』あたりから読んでみてほしい（文庫なら『漱石文明論集』に収録）。

評論の中でタイトル近くに「～において述」などの記載がある場合は、漱石の講演をまとめたものである。有名な『私の個人主義』も元は学習院での講演であった。

あれだけの内容を口頭で喋っているのかと思うと恐ろしい。本人は面倒そうだが、講演が上手かったことは間違いない。

この暑いのにそう長くやっては何だか脳貧血でも起こしそうで危険ですから
できるだけ縮めてさっさと片付けますからその間は帰らずに暑くても我慢をして
終わった時に拍手喝采をしてそうしてめでたく閉会をしてください
つかみが上手い
わははは

談話

漱石全集の別冊に談話という項目があります。談話……つまりインタビュー。漱石はいわゆる著名人だったのでよく談話を求められました。新聞や文芸誌から、なぜか園芸雑誌まで。

亡き友について聞かれ、その思い出話を面白く語っているような『正岡子規』。

『家庭と文学』は会話形式の記者とのやりとりを前置きし、本文も漱石のセリフだけを書き出したような体で、いかにも実際に漱石が喋っている様を彷彿とさせてくれる。

『私の経過した学生時代』『文士の生活』などは本人が語る貴重な漱石情報である。

記者によって漱石の口調が変わったりするのも面白ポイントです。

今の文学界について一言
学生時代は？
演劇は？
イギリスの園芸について
愛読書は？
あれや
これや
お正月の過ごし方は？

美しい本は好きですか？漱石本装幀の世界

夏目漱石展や昔の本の展示で必ず目にする、漱石の美しい初版本。初めて装幀を知った時は衝撃でした。この手の込みようはなんだろう、と（ちなみに明治大正時代の本がすべて手が込んでいたわけではなく、漱石の本でも評論系はシンプルな作り）。このコーナーでは、そんな初版本の装幀の一部を（複刻版を参考に）紹介します。

初版本自体は高価ですが、本の状態や時代によってその価格には変動があるようです。初版のデザインに倣った複刻版なども出ており、そちらはより安価に入手することができます。気になる一冊があればぜひ入手して色合い・紙の質感や風合いを体感してください。

紙の種類・印刷技術などの詳細は『名著複刻　漱石文学館　解説』（日本近代文学館　１９７５）を参考にしています。

【知っておくと便利な本の各部の名称】

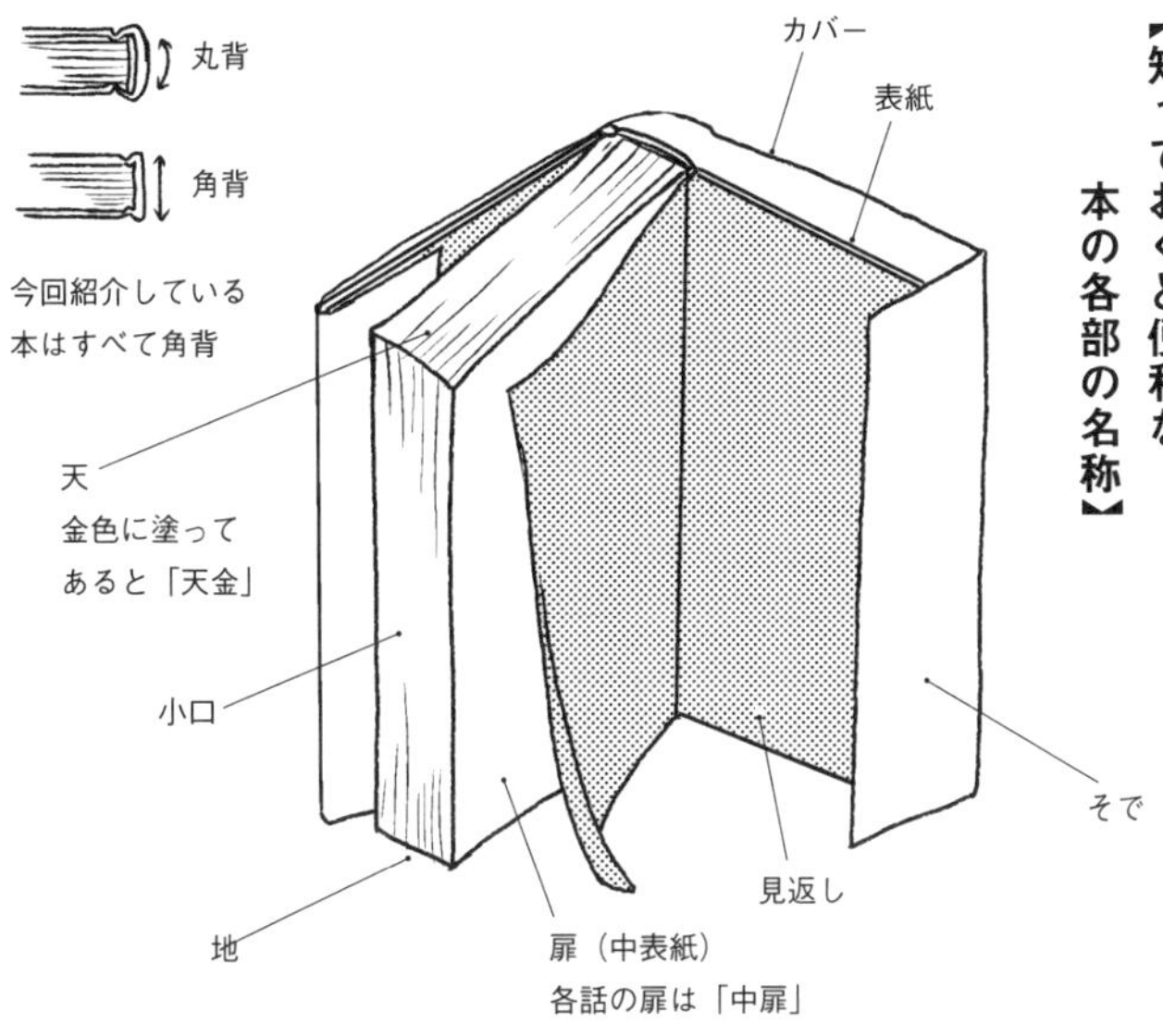

丸背
角背
今回紹介している
本はすべて角背
カバー
表紙
天
金色に塗って
あると「天金」
小口
そで
見返し
地
扉（中表紙）
各話の扉は「中扉」

吾輩は猫である

明治38～40年
大倉書店・服部書店
装幀：橋口五葉《ごよう》

地味目な色の単色刷りカバー

白に朱と金箔の表紙

『吾輩は猫である』は、漱石初めての単行本にして挿絵も多い凝った本です。今では珍しい「折り」のままのアンカット。本を読むためにはページを切る必要があり、漱石の遺した日用品の中にも「象牙のブックナイフ」がありました。〝ペーパー〟ナイフではなく〝ブック〟ナイフなあたり、当時アンカット本は珍しいものではなかったようです。

＊「象牙のブックナイフ」
大事にしていたブックナイフが欠けてしまってヘコむ先生。それを寺田寅彦が削って直してあげたというエピソードがあります。

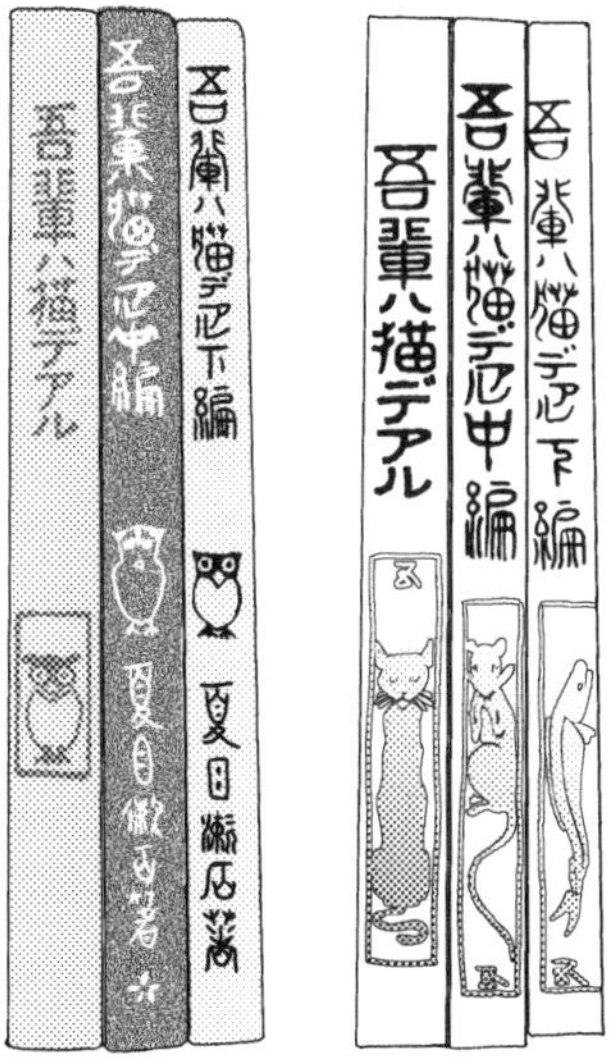
吾輩ハ猫デアル
吾輩ハ猫デアル中編
吾輩ハ猫デアル下編
夏目漱石著

カバー背　　背

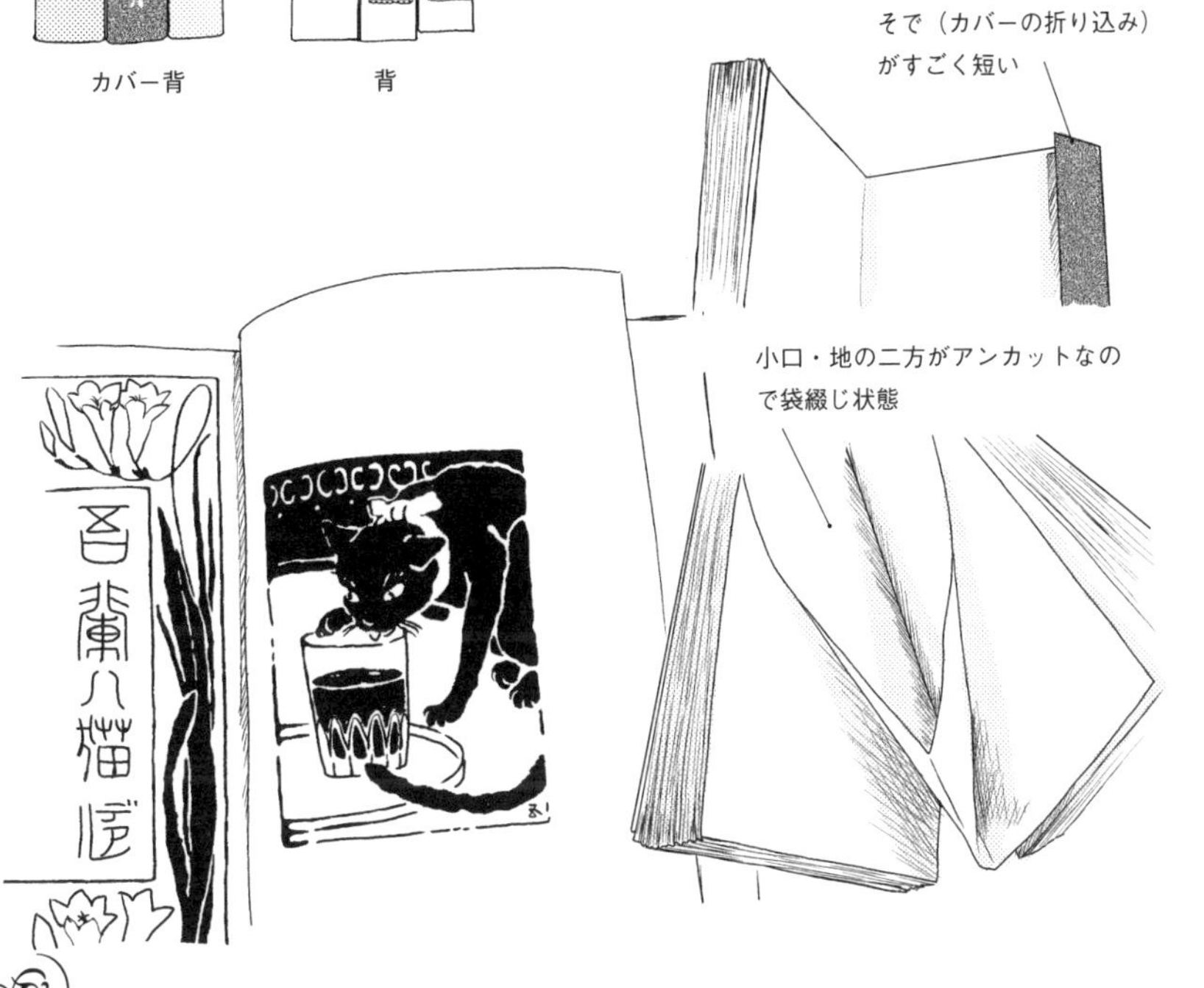
そで（カバーの折り込み）がすごく短い
小口・地の二方がアンカットなので袋綴じ状態
吾輩ハ猫デアル

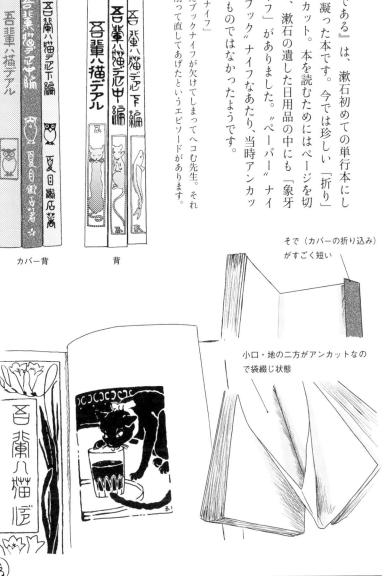

漾《よう》虚《きよ》集《しゅう》

明治39年
大倉書店・服部書店
装幀：橋口五葉

ヨーロッパを題材にした短篇ばかり収録されているのに、表紙はまるで中華風。しかし中を開くとこれでもか！とアール・ヌーヴォーなデザイン。題・挿絵は中村不折、口絵・扉・カットは橋口五葉。

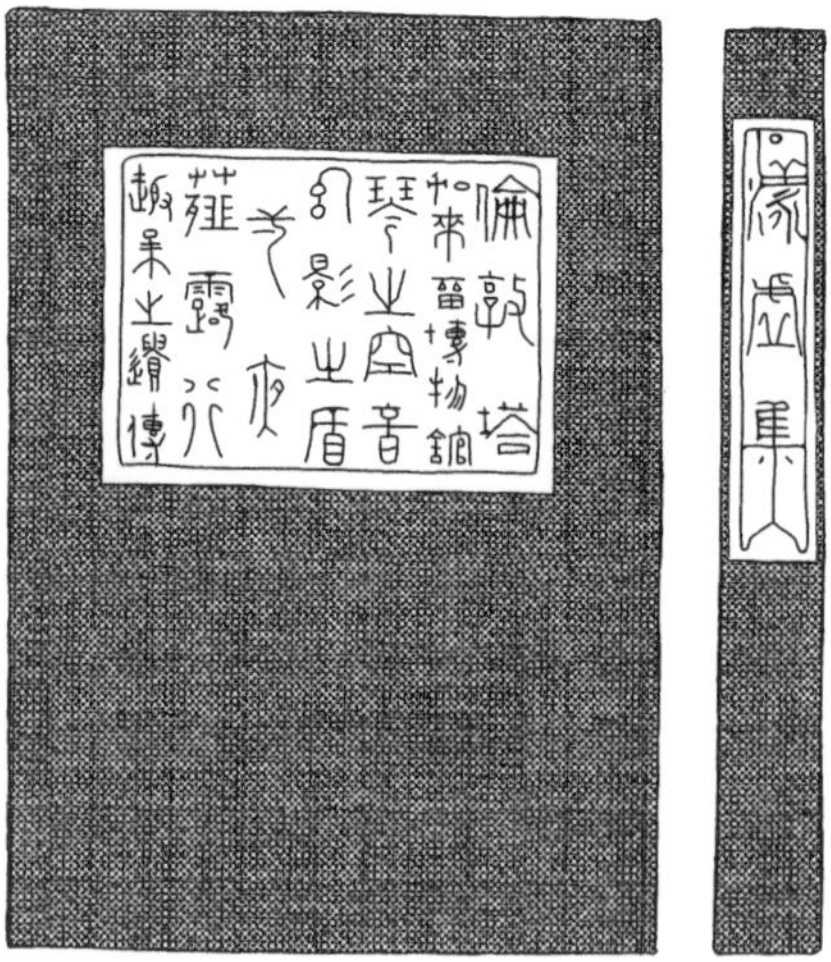

表紙は布張り
木綿と繻子の手触りの違いがたまらない

これぞアール・ヌーヴォーと
いった昆虫図案の目次

各話の中扉も
色刷りで絵が
入っている

地のみアンカット
袋綴じ感は少なめ

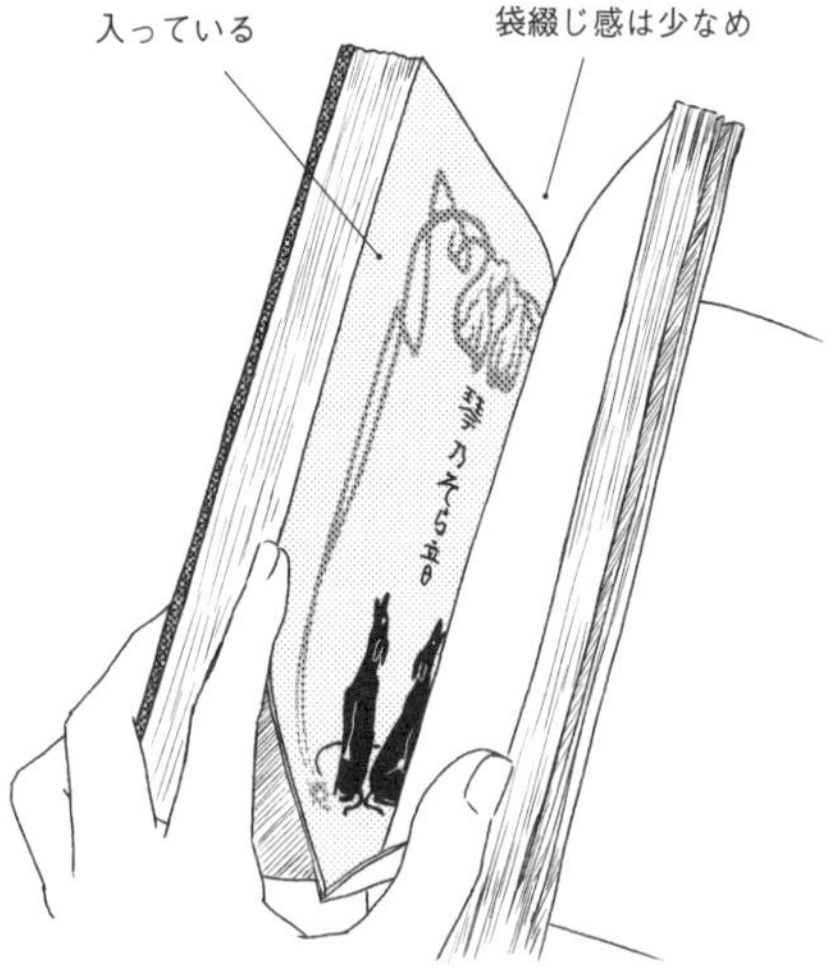

鶉《うずら》籠《かご》

明治40年
春陽堂
装幀：橋口五葉

私が一番好きな本です。

豪華な本とはなにか。鮮やかな色彩、色数の豊富さ、箔のきらびやかさ、布張りの高級感……そのどれもこの本にはありません。カバーは一色刷り、表紙は印刷なし。本文には印章のようなデザインの中扉はありますが、そのほか見返しも挿絵も特になし。

ですが手触りの良い手漉《てす》きの紙に、美しい鉄線模様が印刷されたカバーをめくると、全面エンボス加工された鉄線が浮かび上がります。この本が豪華本といわれるのも頷ける、いつ見てもため息の出る本です。最高。転げ回りたい！

本のカバーをめくらない派の人がこの本を持っていたとしたら、確実に損をしていることに！　マンガでも小説でもカバーはめくるべし！

印章のような中扉のデザイン
『鶉籠』にはこの３作が収録

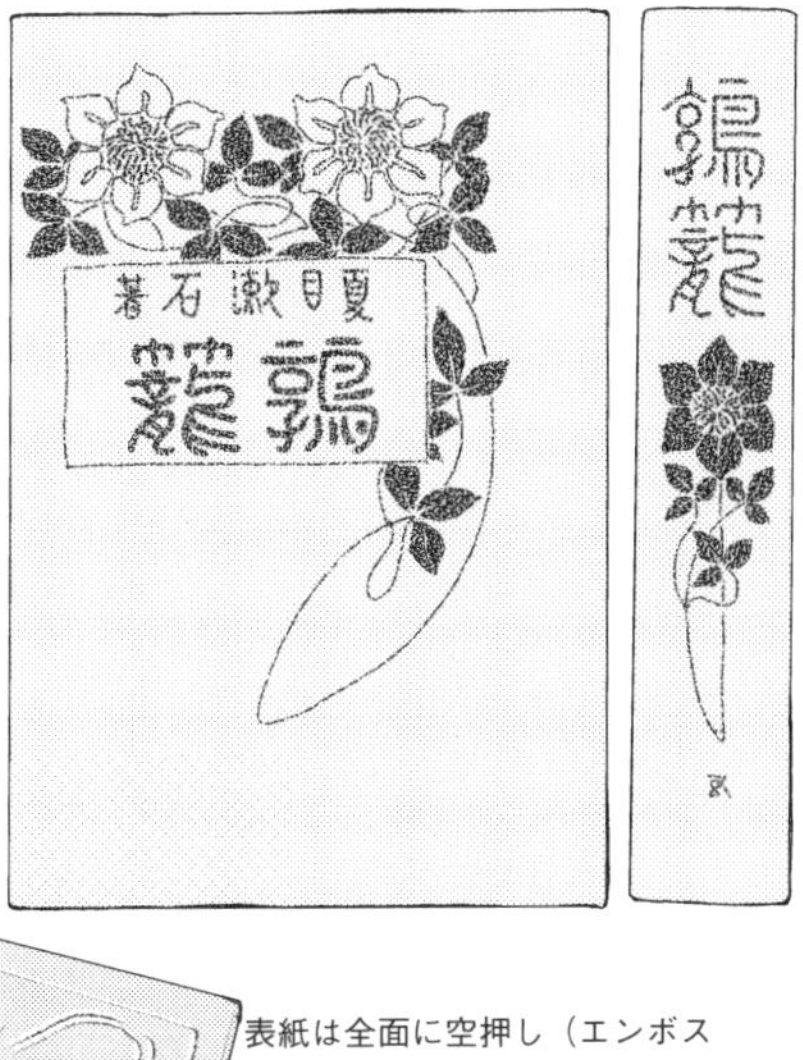

表紙は全面に空押し（エンボス加工）で鉄線が描かれています。実物はもっとこう……素敵なのです……！

虞《ぐ》美《び》人《じん》草《そう》

明治41年
春陽堂
装幀：橋口五葉

シンプルなデザインの帙《ちつ》を開けると、虞美人草が描かれた美しい表紙が現れる。鮮やかな色彩のコントラストがとにかく美しいです。

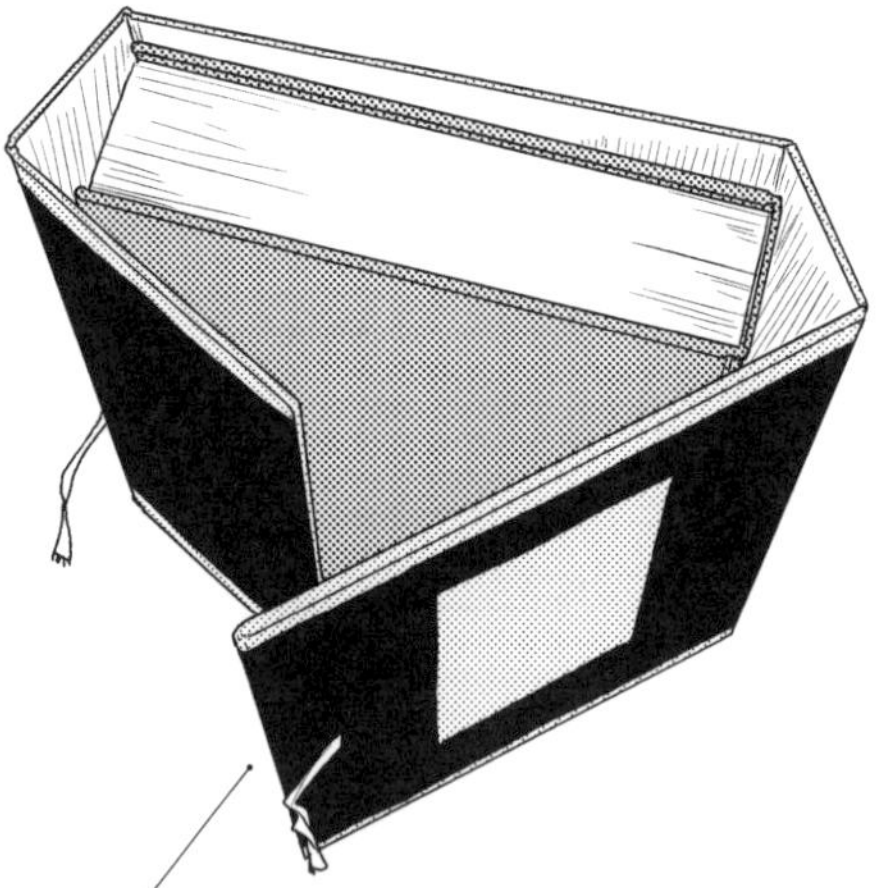

こういうのは函ではなく帙《ちつ》というそうです。うっかりサイドを持ったら下から落ちそうで、ちょっと怖い

表題に合わせた虞美人草の絵

帙の表と裏

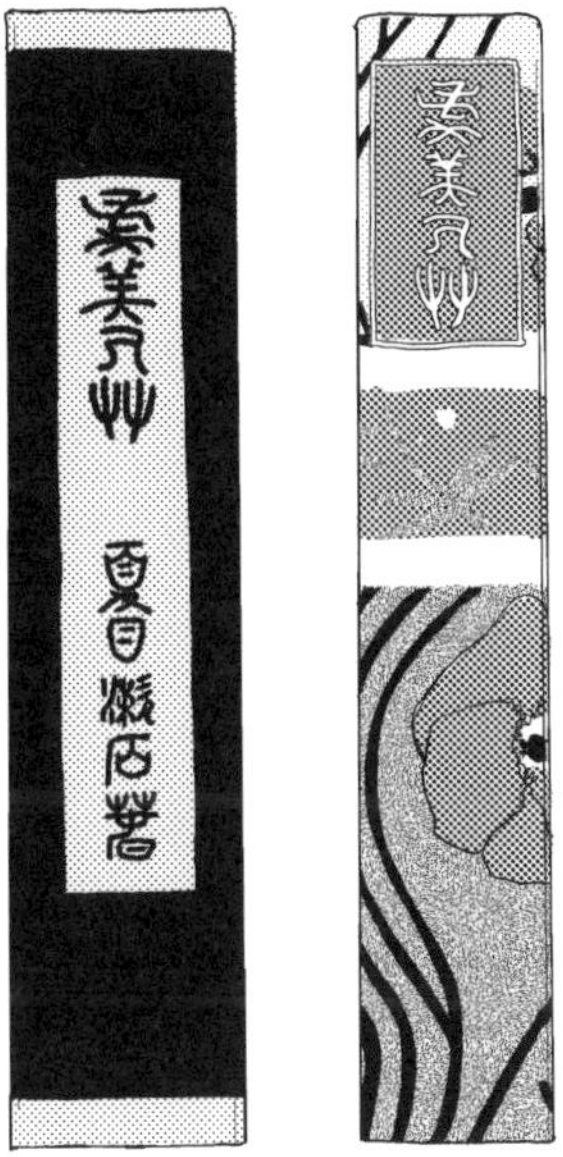

背
題字は箔押し

紺に黄色と、反対色を使用した大胆かつシンプルなデザインの帙を開くと、本体も赤と緑の反対色で……と、とにかくカラーや実物を見ていただきたい一冊です

草合《くさあわせ》

明治41年
春陽堂
装幀：橋口五葉

草合……そんな漱石作品、聞いたことない？　この本には『坑夫』と『野分《のわき》』が収録されています。漱石にはしばしば収録作を表題としない本があります。このあたりは類例もあるものの、そういう時代なのか好みなのか、よくわかりません。

装幀の雰囲気や方向性は『虞美人草』に似ています。扉絵は木版、中扉は木炭画を印刷したもの。

表紙の黒い部分は漆を使っている
え？　漆!?　保護紙がペタペタくっつきます

見返し

三四郎

明治42年
春陽堂
装幀：橋口五葉

フクロウ可愛いの一点押し。三四郎という学生の話だから、知恵の象徴のフクロウを……だと思うのですが、『猫』カバーの背表紙にも同じようなフクロウがいます。

表紙
雲母《きら》引きでキラキラ

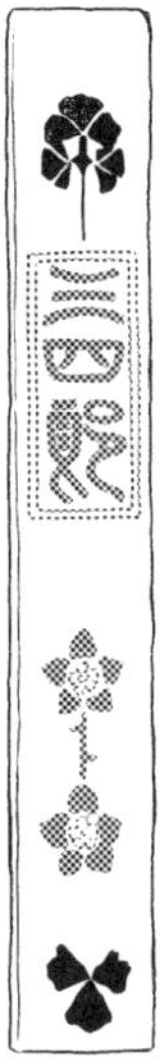

背

函表
植物デザインが可愛い

ギザギザの葉と、飛ぶ綿毛が描かれた見返しの花は、花弁が広くタンポポのようですが、扉の花はアザミのようで……どっち？

それから

明治43年
春陽堂
装幀：橋口五葉

この本はなんといっても背の手触り！　初版本はドーサ引き（焼明礬《みょうばん》と膠《にかわ》とを混合した液＝ドーサによる、滲み止め加工）の紙を使用、複刻本はビニール引き。今回紹介していませんが、『行人《こうじん》』の表紙には羊革スエードが用いられています。保護の紙に脂が染みます……。

門

明治44年
春陽堂
装幀：橋口五葉

『門』といえば扉のこのカット。表紙よりこれのイメージが強いです。表紙はご覧の通りのシンプルさなので……。継表紙の背はキャラコで、赤と緑の色箔押しの植物と金箔押しのタイトルが美しい。

薔薇のデザインが素敵

箔押しのリスがポイント

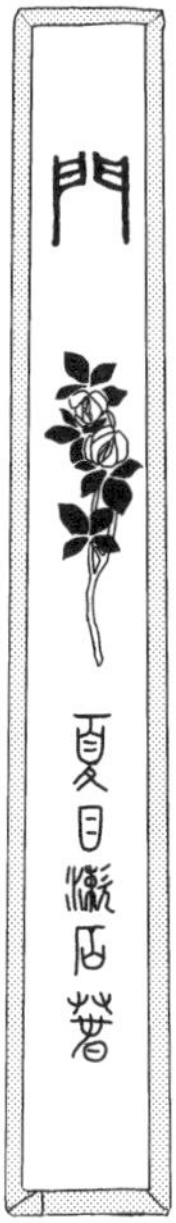

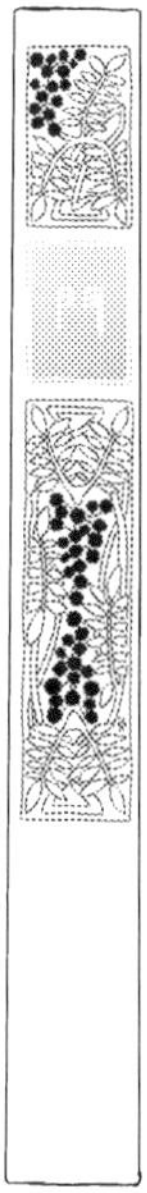

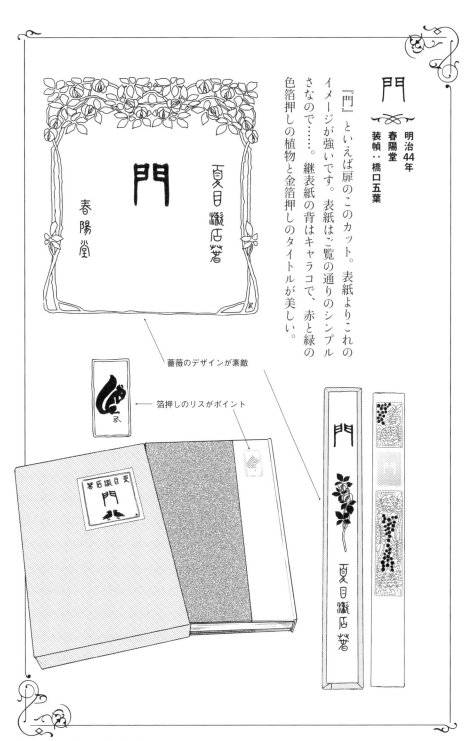

切抜帖より

明治44年
春陽堂
装幀：橋口五葉

随筆『思い出す事など』13篇が収録されています。シンプルかわいい品の良さで、これといった装飾はなし。函の背と本の背は同じ。

『文学論』も似たデザインですが、そちらの装幀は五葉ではないようです。そして、あまり可愛さはないです。

袖珍《しゅうちん》サイズと角丸《かどまる》は偉大。

＊袖珍本
袖・袂・ポケットに入るようなサイズの本のこと。現代でいうところの文庫本。他の本は大抵が「菊判」。といっても、規格がゆるいのか、サイズは本によってマチマチだったりする。

＊角丸
小口側の角が丸くなっている本。

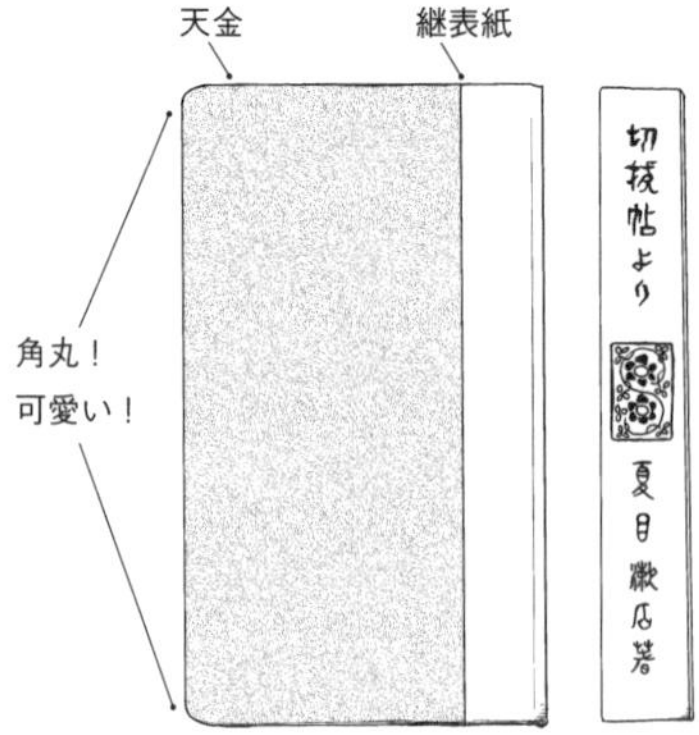
天金
継表紙
角丸！
可愛い！
切抜帖より
夏目漱石著

【漱石の装幀に関わった人たち】

橋口五葉は美人画での評価も高く、レトロ好きな方は、五葉が手がけた三越呉服店や日本郵船の美人画ポスターをきっと目にしたことがあるはず。

五葉は兄の橋口貢が漱石の五高時代の教え子で親しくしていた縁で漱石に紹介されました。『ホトトギス』の『吾輩は猫である』挿絵を五葉に任せたのを機に、その才能を認めた漱石は、その後多くの装幀を五葉に任せ豪華で美しい本が次々と発表されていきます。龍の描かれた漱石山房原稿用紙も五葉のデザインです。

『猫』などの挿絵を担当した浅井忠や中村不折はどちらも子規と親しく、おそらくその縁で紹介されたようです。『漾虚集』『猫』上巻の挿絵を務めた不折に対して漱石は批判的になっていき、『猫』中下巻の挿絵は浅井に変更になりました。浅井は挿絵を担当して間もなく亡くなり、漱石はその死を惜しみました。

後年『道草』や『明暗』の装幀をしたのは津田青楓《せいふう》です。小宮豊隆の紹介で漱石に水彩画の手ほどきをしていました。津田の装幀は、デザインがどうというより「津田の絵！」という印象を受けます。漱石関連本でよく目にする漱石と弟子達の絵も津田の絵です。

こころ

大正3年
岩波書店
装幀：夏目漱石

初めて岩波書店から出版した本です。お金をかけずに本を作りたい、でも美しい本にしたい。そうして生まれた漱石初めての自装本。岩波の漱石全集の装幀はこれを踏襲しているため、現代でもこの朱色の装幀はなじみ深いのではないでしょうか。

見返し

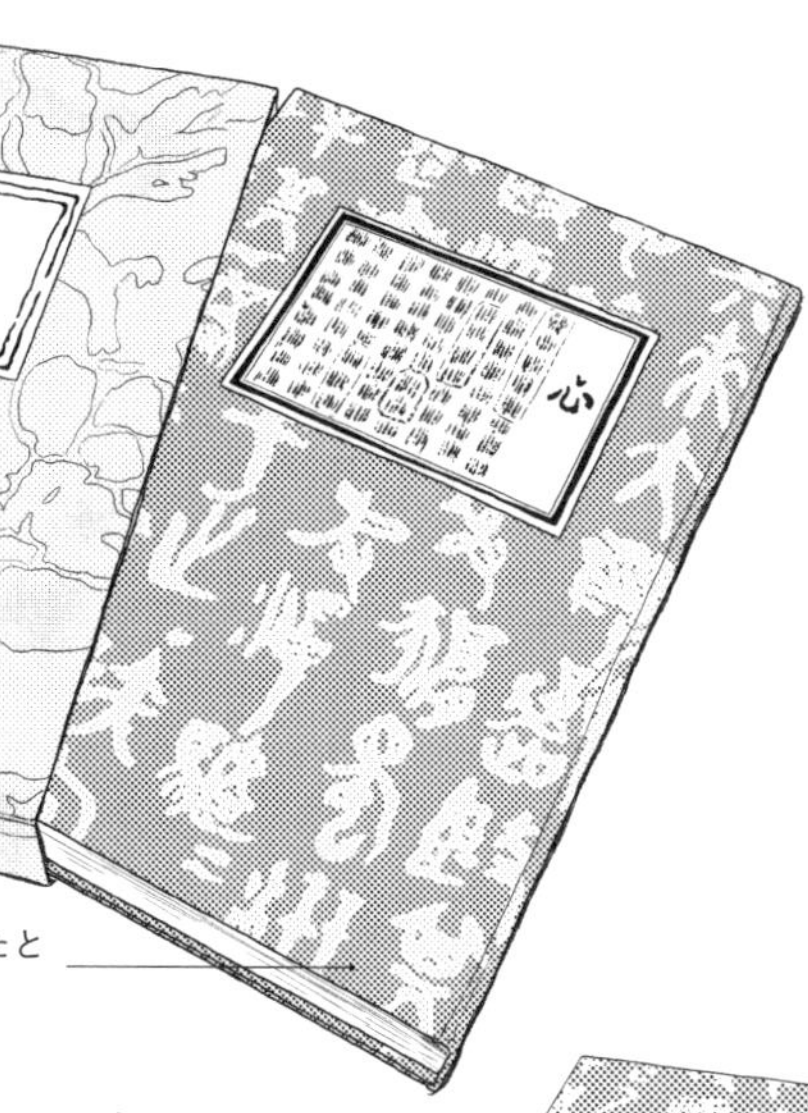

地紋の文字は橋口貢から貰ったという周時代の石鼓文の拓本から

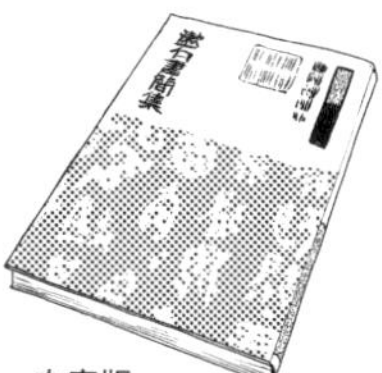

文庫版

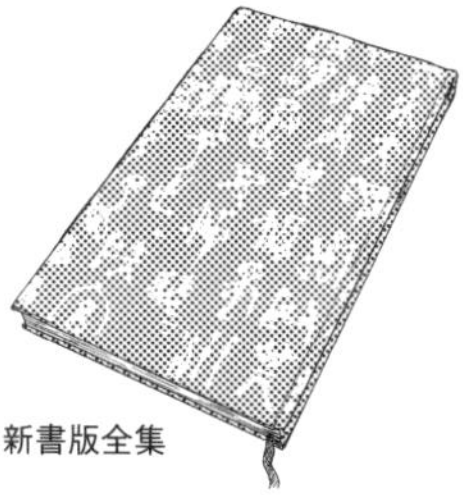

新書版全集

全集

硝子《ガラス》戸《と》の中《うち》

大正4年
岩波書店
装幀：夏目漱石

落ち着いた色合いの函。鮮やかな赤色の表紙に上品な色合いの見返し。読むまでに目に映る流れがきれいな本です。

漱石は美しいものが好きで、外国の雑誌を切り抜いたものが残っています。この本も漱石の自装。……さて自装とはどこまでを指すのでしょうか？

どう見ても漱石が描いた絵ではなさそうだしと気になっていたのですが、どうやら表紙のカットと見返しは『はなふくさ』下巻（山田直三郎編）という漱石も持っていた図案集に同じ絵があり、それを使用したのでは？ということらしいです。

図案集をめくりながら「ここはこの絵で、色は……」とやっていたのでしょうか

オススメ漱石文献

ちょっと図書館に行って、文学研究の棚を眺めるだけでも漱石関連の本は数多くあります。一体何を読んでいいのか。私も一から手探りだったので、並ぶタイトルに圧倒されましたが、同時に読んでも読んでも尽きない本に興奮もしました。

友人や門下個人の評伝や、『○○と漱石』といった本など、オススメしたいものは山のようにありますが、ここではとりあえず「夏目漱石を知る」ためのオススメの参考文献を簡単にまとめてみました。

まず何を読めばいい？

夏目鏡子述、松岡譲筆録
『漱石の思い出』（文春文庫 1994）

まずは読みやすいし情報量も多いこれ。他にも息子である夏目伸六、義理の息子である松岡譲、孫の世代では半藤末利子、半藤一利、松岡陽子マックレイン、夏目房之介など、親族による漱石関連の本も多くあります。

漱石の評伝ってどれに手をつけたらいい？

小宮豊隆
『夏目漱石』全3巻（岩波文庫 1986〜87）

江藤淳
『漱石とその時代』全5冊（新潮選書 1970〜99）

まずベーシックな漱石論として押さえておきたいのは、この二作です。近現代の漱石研究者も多くの本を出しています。この先生とは解釈が合う、いやいや合わないな〜、など読みながらわかってくるのも楽しいです。

テーマごとに漱石を読みたい

高島俊男
『漱石の夏やすみ』（ちくま文庫 2007）

川島幸希
『英語教師 夏目漱石』（新潮選書 2000）

出口保夫
『ロンドンの夏目漱石』（河出書房新社 1991）

原武 哲
『喪章を着けた千円札の漱石 伝記と考証』（笠間書院 2003）

長谷川郁夫
『編集者 漱石』（新潮社 2018）

坪内稔典
『俳人漱石』（岩波新書 2003）

小島英俊
『旅する漱石と近代交通——鉄道・船・人力車』（平凡社新書 2022）

矢口進也
『漱石全集物語』（岩波現代文庫 2016）

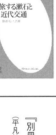

どの時代の漱石が気になりますか？ とりあえず気になるところから手に取ってもいいんです。

もっと簡単な本がいい

西本鶏介
『夏目漱石——現代日本文学のあけぼの』（講談社火の鳥伝記文庫 1982）

子ども向け伝記ではこれをオススメ。細かいところまで書かれています。

カラーの図版をいっぱい見たい

江戸東京博物館・東北大学編
『文豪・夏目漱石——そのこころとまなざし』（朝日新聞社 2007）

『別冊太陽 夏目漱石の世界』（平凡社 2015）

中島国彦・長島裕子編
『漱石の愛した絵はがき』（岩波書店 2016）

『文豪〜』は平成19年（2007）の漱石展の公式ガイドブック。『漱石の愛した〜』は漱石がいろんな人からもらった絵はがきが、解説と共にカラーで載っていて楽しい。

漱石のことをもっと細かく知りたい

荒正人著、小田切秀雄監修
『増補改訂 漱石研究年表』（集英社 1984）

漱石がその日何をしたかがまとめられている、ものすごい年表。増補改訂前の集英社「漱石文学全集」別巻『漱石研究年表』もあります。

エピソードを簡単に読みたい

柴田宵曲著、小出昌洋編
『漱石覚え書』（中公文庫 2009）

宵曲の記憶で書いているので出典は載っていませんが、その記憶力がものすごいです。

漱石ゆかりの人物について、まとめて知りたい

平岡敏夫・山形和美・影山恒男編
『夏目漱石事典』（勉誠出版 2000）

原武哲・石田忠彦・海老井英次編
『夏目漱石周辺人物事典』（笠間書院 2014）

資料としても読み物としてもとにかく楽しい。

ゆかりの人物が漱石について書いたものを読みたい

古川久・長田幹雄編
『漱石全集 月報（昭和3年版 昭和10年版）』（岩波書店 1976）

『漱石全集 別巻 漱石言行録』（岩波書店 1996）

十川信介編
『漱石追想』（岩波文庫 2016）

文庫『漱石追想』が出たことで、いろいろ読みやすくなりまし

た。平成版『漱石全集』の月報から精選した『私の漱石――『漱石全集』月報精選』（岩波書店 2018）も出ました。

ゆかりの人物が書いたものをもっと！ 読みたい！

漱石が出した本について知りたい

平岡敏夫編
『夏目漱石研究資料集成』全10巻＋別巻（日本図書センター 1991）
漱石生存中に書かれた評論から昭和20年に書かれたものまで。

名著複刻全集編集委員会編
『名著複刻 漱石文学館 解説』（日本近代文学館 1975）
初版本を複刻した『名著複刻 漱石文学館』に付属の解説本。単品での入手は難しいかも。

漱石の直筆ってどんな感じ？

『直筆で読む「坊っちゃん」』（集英社新書ヴィジュアル版 2007）

川島幸希
『直筆の漱石――発掘された文豪のお宝』（新潮選書 2019）

『直筆で読む…』は『坊っちゃん』の直筆原稿がそのまま一冊になった本。『直筆の漱石』は、これまで多くの漱石の直筆に触れてきた著者だからこそ書ける直筆にまつわる話から新発見まで。

東京で漱石めぐりをしたい

広岡 祐
『漱石と歩く、明治の東京』（祥伝社黄金文庫 2012）
これは便利。細かい地図もあり、本書の「1日ツアー」でも大変お世話になりました。

当時の文壇のことを、いろいろ知りたい

伊藤 整・瀬沼茂樹
『日本文壇史』全24巻＋総索引（講談社文芸文庫 1994～1999）
これを読んでおけば大丈夫の定番。作家別に追悼文が読める『近代作家追悼文集成』全43巻＋別巻2（ゆまに書房）もオススメ。

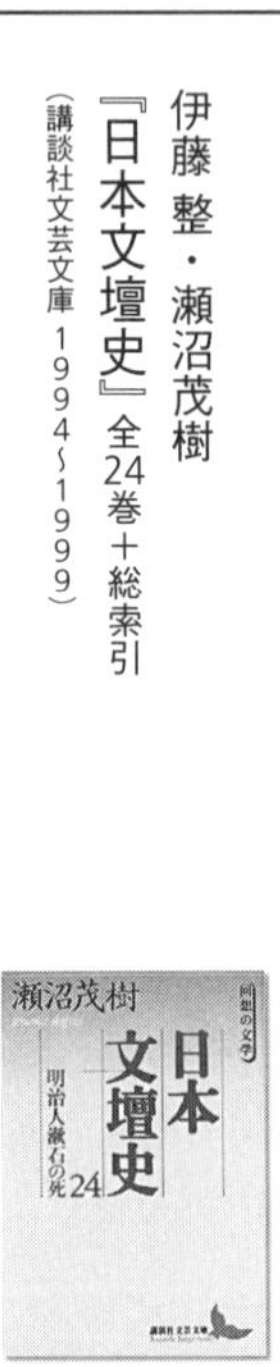

時代背景を知りたい

國文學編集部編
『知っ得 明治・大正・昭和 風俗文化誌――近代文学を読むために』（學燈社 2007）

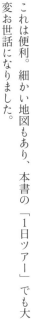

森永卓郎監修『物価の文化史事典——明治・大正・昭和・平成』（展望社 2008）

柴田宵曲
『明治の話題』（ちくま学芸文庫 2006）

他にも手に取りやすい気楽な読み物として、明治大正の面白おかしい話題をまとめた文庫や新書がいろいろあります。

その他オススメ

土居健郎
『漱石の心的世界——漱石文学における「甘え」の研究』（角川選書 1982）

文学研究の本は置いておいて、のつもりでしたが私が好きなのでオススメします。

本書執筆にあたり、これらの他にも多くの本を参考にさせていただきました。現代、研究者でもない一読者が気軽に資料を読めることは先人の労力の賜物であることを心しておきたいです。

記念に！資料に！漱石図録

文学館などに行くと、企画展示の内容をまとめて解説が付いた本が販売されているのを目にしたことはないでしょうか。それが図録です。

その多くは各施設で学芸員や専門家などがそれぞれの展示に合わせて作成しています。書店では買えないが、そこに行けば買える本なのです。

資料として、展示を見に行った記念として、一冊手元にあると嬉しい。そんな図録をいくつかご紹介します。

生涯と作品をたどる

県立神奈川近代文学館
『一〇〇年目に出会う　夏目漱石』
（2016）

没後百年を記念した大規模展。「夏目漱石コレクション」を中心に貴重な図版が並ぶ。文書資料の図版も多いのが嬉しい。

新宿・漱石山房時代の漱石

鎌倉文学館
『夏目漱石　漱石山房の日々
企画展』
（2005）

新宿区立漱石山房記念館
『新宿区立漱石山房記念館』
（2017、再版2022）

『漱石山房の日々』は各地で展示が行なわれ、それぞれ特色を持たせた図録も出たようです。鎌倉文学館での展示は、漱石を好きになって初めて行った漱石展でした。『新宿区立漱石山房記念館』は記念館のガイドブックなのでいつでも購入できそう。

仙台・「漱石文庫」から

仙台文学館
『夏目漱石展――「漱石文庫」の光彩』
（1999）

私が初めて買った漱石の図録です。初版本がびっちり並ぶ表紙が素敵で、漱石文庫や漱石にまつわる東北大学関係者についてまとまっていておすすめ。

漱石が愛した美術作品

東京藝術大学大学美術館

『夏目漱石の美術世界 Natsume Soseki and Arts』（2013）

漱石の名を冠した大規模美術展。漱石作品に登場する芸術作品が洋の東西を問わず並ぶ。漱石が見た、影響を受けた、好きな、描いた、同時代の……そして装幀について。圧巻のボリューム。

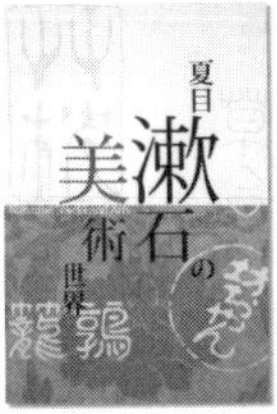
夏目
漱石の
美術
世界

書簡を見る楽しみ

鎌倉文学館

『漱石からの手紙　漱石への手紙』（2017）

「漱石から」だけではなく「漱石へ」の手紙も取り上げてるところが嬉しい。僭越ながら私が書いた「僕だけの先生へ」という文章も載っております。

漱石からの手紙
漱石への手紙

漱石とあの人

新宿区立新宿歴史博物館

『漱石と子規 ——松山・東京　友情の足跡』（2017）

新宿区立漱石山房記念館

『夏目漱石と芥川龍之介』（2022）

文京区立森鷗外記念館

『千駄木の鷗外と漱石 ——二人の交流と作品を歩く』（2023）

特定の人物との関係や交流に焦点を当てた展示もあります。注目する視点が変わることで新たな発見があったり。

漱石と子規

夏目漱石と
芥川龍之介

OGAI
千駄木の
鷗外
と
漱石
SOSEKI

博物施設に行くと
展示見にきた!!
だいたい受付近くに本やグッズが並んでいます
もしくは出口付近
在庫があれば過去の図録も購入できます
これも欲しい
あれも気になる
うーん
うーん
グッズも欲しいし…
施設によっては通販に対応しているところも
在庫が無い昔の図録は古書店や
「日本の古本屋」とか
ネットで探せる便利な時代
図書館で探してみよう

吾輩は登場人物である

知名度の割に、登場人物として漱石を扱った作品は多くない。しかし探せばいろいろあるもので！　そんな漱石が登場するフィクションをご紹介します。

小説

楠木誠一郎
『坊っちゃんは名探偵！
夏目少年とタイムスリップ探偵団』
（講談社青い鳥文庫）

明治時代にタイムスリップした拓哉・亮平・香里の三人組が府立一中時代の夏目金之助と出会い、樋口一葉誘拐事件に挑む。医大生の森青年もちらりと登場。楠木作品では『名探偵夏目漱石の事件簿――象牙の塔の殺人』もぜひ探して読んでほしい。

山田風太郎『山田風太郎明治小説全集』（ちくま文庫）

『警視庁草紙』の「幻談大名小路」や『明治十手架』、『明治波濤歌』の「風の中の蝶」などなど、多くの作品にメインではないものの、「夏目」、そしてよく一緒に「正岡」が登場しています。探すしかない。

伊集院静『ミチクサ先生』上下（講談社文庫）

とうとう漱石を主役に描いた小説が！　闘病による連載中断を経ながら完結した大作です。同作者による『ノボさん 小説正岡子規と夏目漱石』も。

漫画

関川夏央（脚本）、谷口ジロー（作画）
『『坊っちゃん』の時代』シリーズ全5巻
（アクションコミックス）

漱石、鷗外、啄木、幸徳秋水等、明治を生きた作家や思想家、政治家らの人生を描くと共に明治という時代を浮かび上がらせた名作群像劇。漱石は主に1巻『『坊っちゃん』の時代』、5巻『不機嫌亭漱石』に登場。

ドラマ

『吾輩は主婦である』（TBS）

宮藤官九郎脚本の昼ドラ。斉藤由貴演じる普通の専業主婦みどりに漱石が乗り移るという奇想天外ホームコメディ。見た目は斉藤由貴なのにものすごく漱石。漱石の声は本田博太郎が渋く演じています。平成18年（2006）放送。DVDやTBSオンデマンドで視聴可能。

『夏目家の食卓』（TBS）

鏡子の『漱石の思い出』、半藤末利子の『夏目家の糠みそ』を原作に、迷亭、寒月、キヨら作中人物も登場させながら夏目家の日常をドラマ化。脚本は筒井ともみ、漱石は本木雅弘、鏡子は宮沢りえ。平成17年（2005）放送。CSなどで再放送有り。

ほか、平成28年（2016）は漱石没後100年ということもあり、桐谷健太が漱石を演じた『夏目家どろぼう綺談』（テレビ朝日、東山泰子脚本）、長谷川博己と尾野真千子が夏目夫婦を演じた『夏目漱石の妻』（NHK、池端俊策・岩本真耶作）、豊川悦司演じる漱石が宮沢りえ演じる京都祇園の女将に翻弄される『漱石悶々』（NHK、藤本有紀脚本）などが放送されました。

舞台

三谷幸喜作・演出『ベッジ・パードン』

平成23年（2011）上演。漱石と下宿の女中〝ベッジ〟の恋物語で、漱石は野村萬斎、ベッジは深津絵里が演じました。

井上ひさし作『吾輩は漱石である』

昭和57年（1982）木村光一演出で初演、令和4年（2022）鵜山仁演出で再演された評伝劇。修善寺の大患での空白の時間中、漱石は不思議な夢を見る——漱石を鈴木壮麻、鏡子を賀来千香子。

漱石がモチーフになった舞台が上演されたり、近年は文豪をテーマにした漫画やゲームなどでもキャラクターの一人として登場することも。そこを入口に興味を持った方も多いのではないでしょうか。

漱石が登場するホームズ・パスティーシュ

漱石のロンドン留学期間と、かの名探偵シャーロック・ホームズの活動期間は重なっていて、しかも漱石は定期的にベーカー街に通っていた。ならば二人が会っていてもおかしくない！ということで漱石が登場するホームズ・パスティーシュがいくつも生み出されました。

島田荘司
『漱石と倫敦ミイラ殺人事件』（光文社文庫）

漱石とホームズが、ミイラになった男の謎に挑む！ 漱石視点とワトソン視点の語りから構成されています。漱石がメインで登場する小説作品ではこれが一番有名でしょう。

山田風太郎「黄色い下宿人」
（『シャーロック・ホームズに愛をこめて』光文社文庫。前掲『明治小説全集』にも収録）

1901年のロンドンで一人の富豪が失踪。ホームズが怪しいとにらんだのは、あばたの東洋人だった……。私のイチオシかつ短篇なのでぜひ！

夢枕獏「踊るお人形」（『シャーロック・ホームズに愛をこめて』光文社文庫）

日本で起きた謎の事件解決のため、漱石はロンドンで友人になったホームズに助けを求める。ワトスン博士は来なかったので漱石が相棒役を務めています。

柳広司『吾輩はシャーロック・ホームズである』（角川文庫）

ワトスンの元に、心を病み自分をホームズと思い込んだ夏目金之助が訪れる……。『ボヘミアの醜聞』や『倫敦塔』『自転車日記』を読んでいるとより楽しめるかも。

シャーロック・ホームズに愛をこめて

実際に並ぶとこんなことに
25cm↑は
あるっぽい
ホームズ
漱石
グェ…

コラム

『いだてん』と漱石

平成31年・令和元年（2019）に放映された大河ドラマ『いだてん～東京オリムピック噺《ばなし》～』に「明治ことば指導」として参加しました。

「明治ことば指導」とは一体どのようなことをしたのか、少しご紹介しようと思います。

依頼は直接来る

平成29年1月、一通のメールが届きました。「大河ドラマ『いだてん』を制作中だが、登場人物の言葉にもっと明治の匂いを出したい。漱石などを読み込んでいて当時に詳しく、なおかつユーモアに理解がある人を探している。脚本に協力いただけないか」との内容。

突然のことに驚きながらも、自分は「らしく」はできるかもしれないが、学問として歴史や語学は修めていないこと、地方に住んでいることなどを伝えたところ、「それこそ「らしく」するための初めての試みなのです」とのお返事。

かくして方言指導ならぬ明治ことば指導という初の役職が誕生しました。

どういう作業をしたか

脚本の修正とはどのような作業か。送られてきた脚本（WORD文書）を読んでチェックして戻す。それだけです。

脚本を読み、違和感を覚えた箇所があれば、いつから使われているか、当時一般的であったか、現代と用法が異ならないか、などを確認します。登場人物の出身地や大学・職業をまとめておき、AとBの会話がフランクになっているが前話から距離が縮まった認識でOKか？　そうでないなら……と関係性に合わせた口調を提案。決めゼリフが欲しいと相談されて考えたり、脚本にないモブのセリフを協力したり。

なにしろドラマの脚本を見るのも初めてで手探りの状態でしたが、修正後のセリフをただ出すのではなく、必要なのは検討するための修正案や情報を提示なのだと理解してからは、該当箇所の指摘にはその理由と表現したいニュアンスが異なる場合ならこう〜と提案をし、調べたことが時代背景の理解に役立ちそうなら余談として記載、問題がない場合もその理由を記載していきました。

『いだてん』の漱石

『いだてん』に漱石がチラリと登場していたのはお気づきでしょうか？　2話の「ヒゲの青年」が熊本時代の漱石です。さらに前編の主人公・金栗《かなくり》四《し》三《そう》の幼馴染・美川君が漱石の愛読者という設定。このお調子者の美川君が、漱石にちなんだエピソードをよく語るのです。

現代では漱石のエピソードとして本に載っている他愛のないことでも、劇中の漱石はリアルタイムで生きている、となると話は違ってきます。

「この話の出どころは漱石日記で、当時は公開されておらず、一読者の美川君は知り得ない内容です。似たような内容であればコレとかもしくは……」というチェックが必要になります。

歴史物の難しくも楽しい点であります。

気になる描写について報告するのは簡単ですが、同時にドラマにとっての最優先は何かも考えるのも大事なポイントです。修正しない判断も尊重し、ならばせめて……と解釈で妥協点を見つけていきます。

美川君が自転車に乗った女学生（ヒロイン）を「マドンナ」に準《なぞら》えるシーンがありました。女学生といえば自転車ですが、『坊っちゃん』のマドンナには自転車のイメージはありません。さて、どうしようか。

最終的に「美川君は思い込みが激しい読者なので彼の中の「マドンナ」像がそうならしょうがない」という落とし所になりました。

美川君だったらそうかもしれない、そんな愛すべきキャラクターでした。

コラム

どの「漱石」を読む？

文庫と全集で読む

漱石の本、いっぱい出てますよね。

気軽に文庫を買うにしても岩波・新潮・集英社・角川……どれを選べばいいのでしょうか。

小説作品なら好きなカバーを選んでよし！　定番のデザインから漫画家・イラストレーターとのコラボ表紙、期間限定カバーなどなど、いろいろ趣向が凝らされています。

注釈も読みたいなら、文庫でも定番の岩波文庫か新潮文庫。新潮文庫は、以前はポイントに応じて漱石などの文豪グッズがもらえた時期もありました。

小説作品以外の日記や書簡も……となると岩波文庫です。

〝文庫で書簡などを読んだけど面白かった～〟な人はちょっと待ってほしい。文庫の書簡や日記は厳選された一部抜粋でしかない。全集には全部載ってますよ？　さぁ、全集の世界へようこそ！

全集も各社様々刊行していますが、漱石全集といえば岩波書店一択です。漱石全集といえば岩波なのです。

さて、その岩波書店の漱石全集にしても、大正時代の刊行から始まって、昭和3年版、昭和10年版、……約10年に一度くらいの間隔で文庫版新書版を挟みながら刊行され、年号も変わり平成版が出て、そして令和2年『定本 漱石全集』が完結。

当然新しい方が情報も新しいわけですが、私は嵩張《かさば》らない新書版（昭和31年版）を愛用しています。新書版もあの朱色の布張りなのが嬉しいところです。

ネットで読む

著作権保護期間が終了しパブリック・ドメインになった作者の作品であれば、デジタルで読める『青空文庫』があります。夏目漱石、正岡子規、高浜虚子、寺田寅彦、小宮豊隆、芥川龍之介……などなど。

いつでもどこでも気楽に読める以上に、デジタルなので検索ができるのです。「漱石」「夏目先生」「先生」などで検索したり、〝あの文章どこに書かれてたっけ？〟を探すのも簡単で便利。デジタルの利点ですね。ありがたい。

調べ物をしていて、読みたい本が復刊されない！入手できない！見つからない！というときには『国立国会図書館デジタルコレクション（旧近代デジタルライブラリー）』へどうぞ。

紙面を撮影したデータなので読みやすくはありませんが、意外な本まであったりしますので、ぜひアクセスしてみてください。

おわりに

私がこれまで漱石を知るにあたって、目の前には多くの先達によって記された本がありました。改めて感謝するとともに、本書もまた手に取った方が何かしらの興味を持つきっかけになれば幸いです。

本書を作成するにあたり多くの文学館・記念館・ご遺族関係者さまのご協力を得ましたこと、ここに感謝申し上げます。

章や項目ごとにレイアウトが異なる面倒な紙面のデザインをしていただいたアルビレオさん、校正者さん、そして細かいところも褒めつつ制作を支えてくださった河出書房新社の岩崎奈菜さんにお礼申し上げます。

本書をお手に取っていただきありがとうございました。

増補に寄せて

前作を手に取っていただいた方々のおかげで、こうして増補版をお届けできる運びとなりました。関係各所の皆さまには改めて確認のお手間を取っていただきありがとうございました（7年の歳月が経ち、掲載できなくなった施設も多く……残念です）。

本書もまた漱石を知り、楽しむ一助となれば幸いです。

香日ゆら　拝

［初出］
「漱石山房記念館訪問記」：『漱石山房記念館だより』第3号（新宿区立漱石山房記念館、2020年）
「漱石18歳の江の島旅行」：『旅が好きだ！　21人が見つけた新たな世界への扉』（河出書房新社、2020年）
見返し：LINEスタンプ「漱石先生スタンプ」（2017年）、「漱石先生と仲間たち」（2018年）

これまでに描いた・関わった漱石関連本です。よろしければお手に取ってみてください。

- **『先生と僕――夏目漱石を囲む人々』**
  （KADOKAWA／メディアファクトリー版全4巻、河出文庫版全2巻）
  夏目漱石と漱石にまつわる人々を描いた4コマ漫画。
- **『漱石とはずがたり』全2巻**（KADOKAWA／メディアファクトリー）
  漱石に関するあれこれを描いたエッセイ漫画。
- **『JK漱石』1・2巻**（KADOKAWA）
  漱石が現代に転生し女子高ライフを送るコメディ漫画。
- **『夏目漱石、読んじゃえば?』**（河出文庫）　奥泉光著。挿画と導入漫画を担当。
- **『文藝別冊 夏目漱石 増補新版』**（河出書房新社）
  本書の人物紹介のベースとなった「図解・漱石周辺人物」を寄稿。

香日ゆら《こうひ・ゆら》
漫画家。青森県生まれ。
著書に、漱石と門下生を描いた
『先生と僕――夏目漱石を囲む人々』
（KADOKAWA／メディアファクトリー版
全四巻、河出文庫版全二巻）、
『漱石とはずがたり』全二巻
（KADOKAWA／メディアファクトリー）、
『三枝教授のすばらしき菌類学教室』全三巻、
『JK漱石』一・二巻（共にKADOKAWA）など。

＊本書掲載の情報は
二〇二四年三月現在のものです。

夏目漱石解体全書 増補版

二〇一七年五月三〇日 初版発行
二〇二四年四月二〇日 増補版初版印刷
二〇二四年四月三〇日 増補版初版発行

著者 香日ゆら
デザイン・組版 アルビレオ
発行者 小野寺優
発行所 株式会社河出書房新社
〒一五一-〇〇五一
東京都渋谷区千駄ヶ谷二-三二-二
電話 〇三-三四〇四-一二〇一（営業）
〇三-三四〇四-八六一一（編集）
https://www.kawade.co.jp/
印刷・製本 三松堂株式会社

Printed in Japan ISBN978-4-309-03163-7
落丁本・乱丁本はお取り替えいたします。

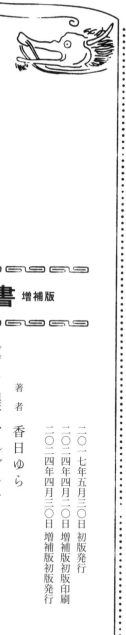

いま向かってます
なるほど
ふむ ふむ
それはしょうがない
いま
あー嫌だ嫌だ
お疲れ様だったね
ちょっと手が離せないので
後で連絡します
予定通りです
送りました
本にしましょう
出来た!
無茶振り
愛 LOVE だね
少しは落ち着いたらどうだ
わかる
そんなの分かりゃしないよ
世の中に片付くなんてものはほとんどありゃしない
こんな夢を見た
お願いがあります